写在人生 30 岁

戴梦岚◎著

台海出版社

自 序

　　这是我出版的第一本书，但不是我写的第一本书。我最早落笔写的，是一本小说，十几万字，成稿于大二时，那年我 22 岁。之后有过几次出版的念头，但每每拿起书稿，都觉得不是很满意，修改来修改去，改到自己都不想再读了，于是任其沉睡在硬盘里。对于那本书的故事，内心始终少一分冲动，缺一点感觉，也不知去哪里找寻，于是就一直将它寄托在遥远的明天，或许哪天感觉对了，就可以问世了。

　　25 岁那年，我在传媒大学念研究生。某日独自在寝室看书，这是一本社会心理学的书。我看得入迷，思绪埋进书里起码有七尺深。长时间伏案导致身体僵硬，在抬头的一瞬间，全身有种电光石火的感觉。似乎就在那一瞬间，我洞穿了前世今生上下一千年，好像懂了"顿悟"这个词语的含义，好像看见了我的前世，以及可能抵达的未来。那一刹那的感觉，说不清道不明，犹如搭上了时光机，穿越了纠结痛苦和烦恼的海洋，终于抵达平静美好和安详的彼岸。虽然我没有如古人一般，在书里找到千钟粟、颜如玉、黄金屋，但我好像看见了另外一个世界。由于执着于再次回味那份特殊的际遇，我在书堆里疯了一般找寻开启另一个世界的开关。可是，我再也没有遇到过相同，哪怕类似的情境。执念散去后，我便读不进去书了，无论是休闲的还是严肃的，再也没有捧着一本书热泪盈眶或者捧腹大笑的情形了。虽然"读不进去"书，但我依旧"读书"，只是之后的读书，更像是在看说明书，想了解一些东西，获取一些信息，保持住一个习惯，很难提升到审美的层面，也很难被感动。内心常常露怯地对自己说：与文字的缘分貌似尽了呢。

没有了感觉，人生就开始变得很麻烦。理性是把双刃剑。不知道我这么讲，能引起多少人的共鸣，打个简单的比方吧：感觉肚子饿的人，会有想吃饭的欲望，饥肠辘辘时面对一堆哪怕味道很一般的食物，都能吃出五星级饭店大餐的满足。那没有感觉的人是什么样的呢？很简单，就是到点了吃饭，至于吃了什么、什么味道，并不明确。那段时间，我真觉得自己表面童真，内心苍老，一直在兜兜转转找感觉。我盼哪，真心地盼哪，盼着 30 岁这个看起来有点沉淀、有点分量、有点深度的年纪，盼着自己能和自己和解，盼着我不用过多解释，说话便能成为至理。有此心愿，我从 25 岁开始，便在别人问起我年龄时，回答自己 30 岁了。我妈还特别懂我地在我 28 岁时，就给我过 30 岁大寿了。

今年过年，家中亲戚来来往往，有位姨问起我有对象没，今年是不是 31 岁了。我的内心震动了一下。31 岁？我明明 29 周岁半哪，过完 2019 年 6 月份的生日才 30 周岁呢，怎么就 31 岁了？姨说，按虚岁算，就是 31 岁了。我听了心里很慌张，这日盼夜盼的 30 周岁还没体验出味道呢，就 31 岁了，真真是吓死宝宝了。也就是这一激灵，让我找到了弥散已久的感觉，终于等来了这一天。还好，我的人生还有这么一天，紧张感充斥着全身每个细胞。时间真的是很奇妙的东西，不到那一刻，一切感觉都不对。早一秒不是，晚一秒也不是。它的可贵在于不可逆，一旦错过，便再也无法重来。因为明白，所以仔细地数着时间过日子，一秒又一秒，一天又一天，只为纯粹用力记住那走过的每一刻。30周岁快要来了。不过，有意思的是，这份来自生命时长的压迫感，让我一下子望到了80岁。或许，30岁之后，80岁将会是我最渴望的年纪了，可以心安理得地喝茶、看报、看电视、晒太阳。而眼下，近30岁的我，似乎还有很多未完成的事项，还只能很偶尔地躲起来过一下80岁的慢生活，同时也开始戏称自己心理年龄80岁了。我觉得挺有趣的一幕是，和父母同住时，我可能八九点就爬上床睡觉了。母亲看见就说："你这么早睡觉了啊？"我会很认真地回答她："我年纪大了，要早点睡了。"这时，母亲会用一种很难描述的语气接话："嗯，是，你年纪大了，你要早点睡觉了，我们还特别年轻，要玩到三更半夜才觉得困。"我偷笑着钻进被窝。

30岁，大部分人在干什么呢？细数身边的亲朋好友、同事、同学，该嫁的嫁，该娶的娶，带娃的带娃，干事业的干事业，修学业的修学业，各自都别有一番天地。要说像我这样，完全还让自己沉浸在梦里的，也不知道还有几个。这事儿没有和谁摊开来交流过，但我觉得，我的梦也快要醒了。我偶尔能感觉到一些来自天空的压力，难以名状，像是有几朵乌云，时不时会在头顶聚拢。我需要很努力，很努力，很努力地去驱散它们，让身心迎着明媚的阳光。

让我发自内心欢呼雀跃的第一个梦，诞生在9岁时。当时念小学的我在语文课本里读到《居里夫人》一文，激动万分，从自己的房间跑到客厅，对着爸妈喊：我有一个梦想，我要成为像居里夫人一样的人，我要拿诺贝尔奖！我清楚记得当时爸爸的小眼睛因为我的这句话，睁得圆圆的，大大的，闪着光芒。

他惊喜地复述着我的话："你有梦想了啊！"之后，日子渐渐恢复平静，但我内心深处并没有忘记自己说过的话，我一直将这句话、这个梦，记到了我读高二时——18 岁，总共记了近 10 年。不过搞笑的是，从小到大，其他学科成绩都还过得去的我，就化学这门课，死活过不去，脑子里问号满满，想不通这个反应式为什么就是这样发生的，而不是那样发生的。每每看到化学就异常头疼，现在想来，可能真的是要得诺贝尔奖的压力太大了，所以无法在这个领域发挥了。梦想破碎后，我一下子变得非常务实，什么诺贝尔奖，太遥远了，赶紧先考上个大学吧。

习惯的力量是无穷大的，比如，我爱做梦。以为有过一次梦想破碎的经历之后，便不会再胡思乱想，天马行空，事实证明，那是不可能的。高考之后，大学的安逸，校园的优美，慵懒的生活，又是纯纯地做梦四年。最喜欢泡在图书馆里，享受一份杂志、一杯咖啡的时间。那会儿觉得，往后余生，我便要这样的生活，平安幸福。后来，我的真实生活情况是，拼命努力是为了有朝一日的慵懒，拼命工作是为了有朝一日能不工作，干什么都拿命搏是为了歇下来时能格外坦然舒畅。简而言之，就是希望能将任务赶紧完成，然后我好回家，或躺着，或喝茶，或看报，或看电影，或听音乐。

时光匆匆，这时而做梦、时而惶悚，半梦半醒的日子，哪怕数着过，也眨眼晃到了 30 岁。我思索着，写点什么吧，总要留下点什么，证明自己十分认真地活过，不然再一眨眼，就 80 岁了，很快就躺进棺材，睡进墓地，旅行结束了。我想，在不影响他人的前提下，尽可能地按着自己的心意来吧，人生若不是自己给自己设限，其实是没什么不能突破的极限的。

目 录
CONTENTS

婚姻到底是什么?

30岁,这个阶段的话题,已经是绝对离不开婚姻了,无论是单身的,还是正在恋爱的,还是已婚的。单身的,急吼吼地找对象,因为年纪到了,家长催,社会催,你所接受过的文化洗礼、传统观念、社会认知都在告诉你一个似乎是真理的真理:这个年龄,你该有配偶、家庭,甚至孩子了,姑且叫作"社会人标配"吧;正在恋爱的人生存状态似乎要好一些,至少配偶一栏有了着落,就差一个"签字、画押、公证、摆宴";已婚的似乎很迷茫,都是头一次结婚,结束了恋爱之旅,终于生活到一起的两个人,渐渐意识到,现实生活跟恋爱时幻想的风花雪月有一些出入,鸡毛蒜皮渐渐袭来,柴米油盐无可厚非,幸亏还有朋友,还有长辈,于是四处和有经验的过来人士交流心得,探讨生活,寻求智慧。

30岁,我在干吗?观察,思考,记录,活在人群外。写这本书的这段日子,我一个人旅居在纽约,足够自由,足够安静,足够悠闲,足够我冷静思考、畅想人生这个话题。当然,婚姻也是我当务之急要想明白的一个问题。

总体而言,我们这一代的父辈们,差不多都在孩子25岁左右时，便开始一轮一轮地催婚。不过，一些90后的孩子告诉我，他们在20来岁就被父母催婚了。似乎中国的长辈们，如今都在为越来越低的结婚率而深感焦虑，以至于那些相亲节目，历时多年，依然经久不衰，毕竟市场广大嘛。

既然长辈们催，那说明长辈们心里急。且不管是长辈们出于看隔壁家孙儿都很大了眼馋，还是自己年岁大了替子女们担心，咱中国人讲究孝顺，那么晚辈们出于孝顺，就要认真将这件事情想一想、理一理，然后看看能为长辈们的心愿做点什么。但这只是婚姻的一个出发点，并不是全部。

要谈婚姻问题，首先得了解了解什么是婚姻。中国汉字真的是精妙，"婚姻"这两个字，仔细看，不禁会觉得特别有趣。"婚"，女字旁加一个昏，女人发昏；"姻"，女字旁加一个因，"因"作动词有依靠、凭借的含义，由此，"姻"便是女人依靠的含义。总结一下，"婚姻"的含义，大概就是：女人发昏了，女人有依靠，然后就有婚姻了。

老实讲，放在现如今看"婚姻"两个字，并思索其内涵，我是真心感觉有点悬，尤其是那个"婚"字所透露出来的信息，总觉得"婚姻"就其本意而言，放到封建社会的环境下，会比较容易成立。看那男人可以三妻四妾的封建时代，男人处于压倒性的主宰和统治地位，其强势地位让手无缚鸡之力的女性根本不敢有"离婚"的念头。嫁个好男人，哪怕与其他女人共享也能接受，男人在女人心目中，如同神一般的存在。这时候的婚姻关系，多么符合"婚姻"两个汉字的表述：女人天真地依靠着男人，幸福且美好，顶多也就大房、二房还有三房争风吃醋这点事儿。当然，这里都讲寻常人家，不谈论皇室婚姻，皇室婚姻掺杂太多政治因素，太特殊，太复杂，太难讨论了，也没有普世意义。可那毕竟是封建时代，观望现如今的男性和女性，到底谁比较能干还真的说不好。如果越来越多的女性超越男性，成为方方面面的主宰，这"婚姻"两个字要怎么兑现？毕竟女人不发昏了，女人也不需要依靠了，可女人还是期待那位心目中的男人能如英雄一般出现在眼前。那英雄在哪里？是钢铁侠、蜘蛛侠，还是美国队长？越来越开放的教育资源，使得女性接受教育的机会越来越多，受教育的质量越来越高。女性的视野变得越来越开阔，头脑变得越来越智慧，随之女性的能力也越来越强，追赶不上的男性越来越多。然后，彷徨觅不得真爱的女性，驻足停留的男性，成了两个世界的物种，爱情开始变得艰难。"爱情"这个美好的字眼，到底是谁发明的？太感性的词语了，以至于让我觉得，爱情，是错觉，是幻象，可想象，难落实，它的本质就是大脑分泌的激素——荷尔蒙。男女相爱在我看来真的是一个化学反应，如同氢气遇上氧气燃烧结果是水的过程，对应到自己身上，我也许是这个世界的意外，我既不是氢气，也不是氧气，我是一滴水。我朋友笑我说，别水不水的，你就是还没碰上你真心喜欢的。是这样吗？也许吧，喜欢一个人，喜欢到爱，爱到想结婚，然后想跟着他过一辈子，这人得是个什么样的人？眼下我完全想象不出来，我还是觉得我是一滴水。

爱情落地了是婚姻。婚姻的本质是两个人的生活，区别于一个人的生活就是，需要照顾另一个人的各种习惯，并与之协调。最终两个人合拍得像一个人，这是好的婚姻。合不到一起，一拍两散的，就是以离婚告终的婚姻。我觉得二人世界的是婚姻，多了孩子的，就是真正的家庭了。当然，作为单身贵族，笔墨还是放在爱情和婚姻吧，毕竟，越过那么多级去探讨家庭问题，着实经验不足，自不量力。

为了寻找一些利己的信息，我观望别人的爱情和婚姻。讲真话，越参考越困惑。其中，最大的困惑在于，那些热衷于寻觅另一半的男人和女人，到底为的是什么？我父母对我的教育是，你想要得到什么，就要付出什么，你想要爱，就要付出爱。我敬佩我父母都是有信仰的人，可为什么我见到的大多数付出真心的，付出灵魂的，都没落着好结果。所以，我心有余悸地绕开那句"付出爱＝得到爱"，如果选择付出了，那就付出了，不要盼着能得到什么，否则会失望的。最让我愿意且我个人觉得最值得付出的对象，从来不是人，是梦想，也可以说是理想。人实在太复杂，而我实在怕烦，真心喜欢简单的一切。

念书时有一个好朋友——男生，他喜欢一个女生。我们只知道他对那个女生是千般好，万般好，结果还是被无情甩了，哭得肝肠寸断，灌了很多瓶酒。几个要好的兄弟朋友都去了，怕他想不开，大家出谋划策。我静静地看着他哭，也听着别人

罗岛樱花

对他的劝。这种时候，难道我还要对他说"你想要爱，就要付出爱，抱着必死的决心？"明显地，这是一种错付，越付出，在对方眼里越低贱。想来想去，许久，我只说了句："好好读书，毕业找份好工作，把力气花到工作或者事业上，说不定抛弃你的人就回来了。"很值得庆幸，这句话，被这位朋友听进去了。多日以后，他发短信感谢我，大意是感谢我拯救了他之类的。多年以后，他真的又和当初甩了他的女生走到了一起，结婚生子。看着这个结局，我真心感叹，多读书真的是没错的。

看看别人，都分手了，兜兜转转还能走到一起，真心想不通是一股什么力量在牵引他们？若换作是我的话，对方如果不保持一定的频率和我呼应，我出个门，拐个弯，可能就把对方忘记了。尤其是眼下，我年纪大了，脑力还处于退化状态中。我曾安静地在房间里冥想，想象我十分需要一个伴侣的场景，脑海里浮现出的几个情境大致就是以下：超市采购时，东西太重拎不动；某次脖子扭伤，需要在后背贴一帖狗皮膏药时；再比如，买饮料第二杯半价时，真的，这些时刻，特别需要一个男朋友。不过有趣的是，渐渐地，这些问题也不是问题了。科技发展太快了，网络、通讯、速递的服务太发达了，超市采购可以叫外卖小哥送，脖子贴膏药这种万年一遇的事挺挺就好了，饮料为了身体健康戒了，不喝了。然后……然后……又想不通婚姻有什么用了。

当然，这是我的个人情况，每个人情况不同，说不定，其他人，有非要伴侣一起才能办的事情，如此，婚姻对他们而言，就又有意义了，比如亲密关系。曾有人问我："你难道就没有生理需求的吗？"这个叫我怎么解释？也许我是荷尔蒙失调需要看医生了，但即便医生确诊我荷尔蒙失调，我也不选择治疗。我对亲密关系，有着跟对毒品一样的警惕。从我作为一名女性的角度出发来说，帅的男生只想看看，丑的男生不想触碰，帅到让人心花怒放的都在电视里当着明星，帅到刚刚只想亲亲抱抱的，目前还没有，不然我孩子都一定会打酱油了。我心里一直好奇一些问题：亲密关系，真的是本能需要，还是被撩拨的？到底是女性需要还是男性需要？没有性会死吗？那我为什么还活得好好的？思考多年，我的行动就是对亲密关系一直保持高度警惕。理由很简单，如果它像众人描述的一般很美妙，那它就是叫人相思和上瘾的，任何叫人产生依赖的东西，都很危险，因为身心会被不知不觉奴役。我无法想象自己被一个男人奴役，对其言听计从，渴求其怜爱的模样。身边一些女性朋友，皆是如此，交往初期，都还很明白，似乎心里跟明镜儿似的，可往往在和男友发生过亲密关系以后，就彻底沦陷了，开口闭口就是男朋友不说，渐渐地连人都联系不到了。曾记得有一次，我和小姐妹正聊着天，她男朋友路过，朝她就飞了一个媚眼，就一个眼神，她瞬间就忘记我的存在了，连自己要跟我说的话，都不记得了。我无奈笑了笑，赶紧说："你走，你走，你快走，我知道你的心已经飞走了。"我毕生，只见过女生会如此，从来没有见过哪个男生会这样。也许女生很幸福，但我总能在这层关系里闻到一丝危险气息，祈祷她的男朋友是好人吧。

在马斯洛的人性需求层次里，生理需求被排在最底层，包括性。往上走，分别是安全需求、情感归属需求、尊重的需求、自我实现。我知道这套理论有着广泛的信众，但它毕竟是在西方土壤里生长出来的思想，与东方实际情况有着些许出入。我们都知道，西方世界培养下一代，注重其独立性。全世界，最疼爱孩子的，可能真的就是中国父母。以我的成长经历来看，我觉得，很多中国孩子一出生就处在满足自我实现这一顶级需求层次里。为什么这么说？分析一下便可知：中国孩子一出生，父母便开始围着孩子转，有的甚至是几代人围着一个孩子转，几代人打拼，都是为了下一代。生理需求（包括除了性以外的呼吸、食物、水、睡眠等）、安全需求（人身安全、健康保障、财产、工作等）、归属需求（亲情、友情、爱情）、尊重需求（自尊、信心、成就）都在尽可能地被满足，因此，孩子本身的所有努力，就是在拼命实现自我价值（梦想、理想等）。西方人不同，西方人在孩子出生之后，会努力教育其独立，会跟孩子强调，父母拼来的是父母的，不是你的，你要努力学会生存的本领，将来靠自己去拼得一切。所以，这么一看，我能出生在中国家庭，是多么幸运，简直就是老天眷顾。

别再好奇我是否有生理需求了，那层次太低，我忙着自我实现呢，而且我相信太多太多灵魂发光的人，都是如此。人性就是这样，堕落进欲望里是很容易的，而崛起是很困难的，大脑及其思维的高频振荡所激发的快乐是很难找寻的，而性满足相对是极容易获取的，毕竟，只要想要，地球上最不缺的就是人，两条腿的男人遍地都是。由难到简，应该成为一种做事的原则。于我而言，看一幅梵高的油画所带来的激动和联想，可能要完胜我对一个男人的渴求。当然，还有人继续反驳我："你总会要孩子的吧！"这还真是一个很好的点，我有认真想过。如果婚姻只是为了要一个孩子的话，那我觉得，这段婚姻迟早是会散的，老一辈已经用行动向我们这一辈说明了。为了孩子勉强在一起的家庭，等孩子大了，独立了，夫妇俩就各过各的了。婚姻的前提，还得是有感情，而不是出于什么目的，但感情能不能深到建立婚姻，是另一回事儿。

我反对出于传宗接代的目的而进入婚姻，但我赞成为了给孩子一个平安幸福的家，为了孩子的性格、人格健全，出于对孩子的关爱，对后代负责，选择婚姻，选择组建一个家庭。后者跟前者的区别在于，一个是为了传宗接代，一个是为了培育优秀的后代。传宗接代，结果是多出一个孩子就完了；培育优秀后代，其眼光是很长远的。如果有一对男女，哪怕后来不相爱了，但是能为了培养孩子而达成共识，这婚姻是能维系下去的，因为有共同目标。不过，形形色色的世间百态看得多了，很多事，也是很难说的，比如现实中，不乏一些优秀的女性，独立将孩子抚养得非常出色。

当然，还有一些女性企图通过找男人，达到不劳而获的目的。婚姻或许有着这样的考量，但是爱情并没有，爱情是很纯粹且平等的，打着爱情的幌子招摇撞骗是不道德的。但话又说回来，婚姻也是不应该被利用的。婚姻中的两个人是平等的。那些以财富为基础搭建的婚姻，在财富减少或者消失时，婚姻也就不稳定了。还有，婚姻内的女性也是在成长的，起初可能会因男性的物质条件较好而受到吸引，但当她们自己掌握了资源、能独当一面时，情感基础薄弱的婚姻，结局还是破碎。

聊到这里，做个阶段总结，造成当今社会的低结婚率的原因不光是因为有我这样想不通婚姻有什么用的女性之外，还因为婚姻本身就需要冒太多未知的风险，如高昂的房价、家庭的负担、高额的子女抚养费等。面对婚姻的这场冒险，是进是退，因人而异。要么做个彻底的强者，要么无知无畏，可社会大众，大部分还是普通人，有点思考能力，却又难以大彻大悟，如此，结婚率越来越低也就成为必然结果，因为所有人都在等子弹再飞一会儿。

现代女性，尤其生活在都市里的女性，独立自主的很多，她们大多理性，很难发昏，也从没想过找谁作依靠，完完全全靠自己拼。感情的事真的经不起细想，会看破。金庸的武侠小

在罗斯福岛看樱花

说《射雕英雄传》里，全真教马钰道长传授郭靖的呼吸吐纳口诀，首句是"思定则情忘"，真的很有意思。思，是思考，思绪；情，是情绪。思考至入定，情绪也就消失了。能在理性层面思考感情和婚姻，最终得出的，其实是要与不要的选择。也不知道是不是越来越多的人看穿了婚姻的本质是种责任，所以，越来越多的人开始选择观望，能拖就拖，能躲就躲，把爱操心的中国父母给急得呀，如同是自己丢了老伴儿一样。长辈的焦虑传递给晚辈，意志不坚定的晚辈便开始病急乱投医，短期看不出什么问题，长此以往，总归会浮现出一些毛病。除了低结婚率，中国的离婚率还在节节攀升，想一想和结婚时是因为父母催婚或者是自己被旁人影响得一时脑热脱不开关系吧。像我这种活久见的人，早不吃催婚相亲这一套了，一切还得是从内心出发。面对相亲这件事，我觉得是这样，态度一定要积极，毕竟，这一来是长辈的心愿，出于孝心，也要去；二来，见一个新的人，也是开启另一个世界的一种可能，万一来电呢？所以，相亲这事儿，有一万次机会，就一万次赴约，没理由不去，至于成不成，那是后话。我总觉得，从相亲认识，到真的开花结果，这中间有一大段过程，有千万次出幺蛾子的机会，哪是见了个面就能成这么简单的。但是那些被父母催、催、催，催到真的被安排结婚的，也就不要在未来的人生里总搭上父母了。内心里，忘记了自己是谁，自己要什么，在一个阶段里，不够冷静，被旁人影响，被悄悄洗脑，其实归根究底，还是自己的问题。我始终保持冷静，一定要冷静，时刻谨记自己要的是什么。因为你总要清醒地认识到，最后，有些路，肯定是要自己去走的，你离婚了，你没把日子过好，那时候再呼天抢地，怨天尤人，是没有意义的，父母也未必能搭上一把手，哪怕你的对象是通过相亲安排的。所以，早一点醒悟，少一点烦恼。

纽约皇后区7号线69街地铁站

　　看着真绝望，那婚姻到底还要不要了？其实我觉得，婚还是可以结的，但是得有和一个男人同甘共苦、抵抗平凡生活不倦怠的勇气，而不要有跟着他吃香喝辣、穿金戴银的奢望。同样，当一个男人承诺要给你吃香喝辣、穿金戴银的生活时，你也得有点警惕，因为未来的路真的还很长，警惕温水煮青蛙，熟了，是再也跳不出锅的。如果明白了这些，便可高高兴兴地选择结婚了。

　　就眼下的社会大环境来看，结婚与否，真的只是人生的一个选项，而非必须了。中国社会眼下的低结婚率，高离婚率，却恰恰在说明，人们对待爱情、婚姻的观念在转变。放到以前，谁和谁离婚了，那是个不得了的家庭丑闻，得瞒起来，不能让别人知道，怕被人笑话。而今，人都开始追求自我，自己开心最重要，过不下去就别勉强了。与其貌合神离，不如各自潇洒，爽快离婚吧，何必在意他人眼光，日子过的是自己的，如人饮水，冷暖自知。这对还没结婚的人而言，还真是不错的一课，比如对我。社会现象会促使我更为冷静地思考婚姻的问题。到底结不结婚？但凡有一丝离婚的风险，这婚就还是不结的好，因为离婚，我认为，总归是一种伤害。也许有人会问，你都没结过婚，就担心离婚的问题，会不会想太多？也许吧，但是我的想法，就是如此。遇到一个人，感觉良好，然后有对未来在一起的信心，若信心能不停增长，那便是可能；若信心不停受挫，那便是不可能。不过，我还有一个死穴，就是我越来越感觉，一个人的时候是思路最清楚、头脑最灵活、信心最饱满的时候，饱满到能畅想出一个新世界。这时候，无论多出谁，都不是对的感觉，只会让我很烦。那感觉，堪比你在香睡，做着美梦，突然被谁叫醒，打死对方的心都有。我，也还在自我调整和自我成长的道路上。

　　抛开爱情这个花前月下的话题，从社会学角度切入看婚姻，是会牵扯出很多问题的。一个国家，是由成千上万的小家组成的，小家的幸福美满，是与国家的安定相挂钩的，这是个很严肃的问题。同时，低结婚率，高离婚率，直接影响人口基数。人口学的知识，就不专业论述了，打个极端的比方：人类关注各种濒危动物，紧紧盯着它们日益减少的数量，那谁关注人类呢？纵观生物链，人类只能自己关注自己。那人类有没有可能哪天因为缺少对自身的关注，而导致人类自身灭绝呢？嘿，我为什么会思考到这里？……不过，我确实很担心，不知道有没有哪个科学家计算过，人类若因为自身的选择性不婚不育，致使人口基数缩减至灭绝，最快需要多少年？

在美国小说《了不起的盖茨比》里，盖茨比有一位年长的管家，这样对沉溺欢愉的男女描述富丽堂皇如宫殿的盖茨比家："这里，是被精心安排的假象。"对照现实，可不是如此吗？高楼大厦、超级市场、娱乐设施、公园美景，环顾身边的一切，它们真的不是假象吗？不是因人的存在而存在吗？对啊，以人为本，是多么一针见血。所以，妈妈们很伟大。那些生完了孩子的女人们还能够不放弃抱负，不放弃梦想，和男人一样在各自领域发挥专长，有所建树的，我认为这类女性不光是伟大，更是卓越，是无与伦比，是真女神！男人面对这样的女人，除了叹服，还能怎样？男人会的，她们也会，男人不会的，她们还是会。这样强大自信独立的女性才是最美的女性。基于男女平等的观念，在思想体系中构建这样的价值观，才是高远的。无论男女，各自都不要放弃努力，找个信仰，坚定信念，放大格局，以平等的姿态，独立自信地生活，告诉自己这是生而为人的光荣使命，带着使命感前行，此生会英勇不少。

有一个观点，我也是挺欣赏的：结婚和不结婚，其实不是最重要的，重要的是，你有能力选择自己想要的生活。这话着实挺酷的，但要真的过上这样的日子，其实并没有想象的那么容易。首先，有能力去选择，就已经相当考验人了。选择权，可不是人人都有的。什么样的人有选择权？我想，答案应该是在某一个领域拥有较高造诣的、站得比较高的人。站得高，看得远，格局大，维度广，自然会看到更多的可能，从而也就有了选择能力这么一说,也就有了能够选择自己想要的这么一说。

太多人，连看都没机会看明白，就急哄哄地被人流带着往前奔，无人在意选择是个什么过程。当然，也有人说，看太明白了，生活就无法往下走了。我认为，说这话的人，还是没有看明白。明白人是潇洒的，快乐的，自由的，生活是随心所欲的，怎么会无法往下走呢？我反倒认为明明白白，简简单单，这是我们生而为人的修行方向。这类人，不论是结婚，还是不结婚，都早已脱离婚姻的束缚，散发着爱与自由的光芒。他们所到之处，于己于人，皆是别样的启发，其存在的意义，已经超越一般大众的价值，怎能不欣赏？

幸福跟婚姻没有必然联系，这是显而易见的，但我不知道为什么，很多人对幸福的理解，还是局限在婚姻这种外在的形式上。不是有个大街小巷都知道的梗吗？采访问：你觉得幸福是什么？回答：沙漠里有水喝，肚子饿时有包子。我加一句，出门逛街内急时，女厕就在正前方。幸福可以在一瞬间变得很简单很直观，能否感受到幸福，这是一种能力，而并非要用结婚来证明。反之，如果领取一纸证书，算是证明了幸福，那在证明幸福前过的每一天，又算是什么？证明了幸福之后的每一天，难道就没有生活的磕磕绊绊了吗？我以为，幸福是种能力，感受在内心里，没有可以衡量的标准，非要把婚姻和幸福挂上钩，是一种认知的误区，而这种误区，会成为悲剧的开端。

身边有几个女性朋友，家境优渥，大学毕业后，过惯了养尊处优的日子，无法适应通勤工作，也无强项特长。她们为了出人头地，挣得一席颜面，都选择"拼"了个男人，然后，又"拼"了几个娃。她们经常在朋友圈里晒老公，秀恩爱，晒娃，晒全家福，气势汹汹地向世界宣告：看，我是人生赢家。如果我有颁奖的资格，我想，我一定会颁发人生赢家这枚奖章给她们，因为她们真的很需要，很需要周围人的认可，需要点赞。

我从不吝惜我的赞，一有机会就点，我相信点赞可以让他人有信心飞得更高。我点赞，是因为我真的很想知道，她们将人生全部投入家庭可以到多么出人意料的程度。这几个女性朋友的能量，可谓很大，很野，很风风火火，颇有一股不输男子的蛮牛气场，叫人生畏，生敬，但……我个人很难欣赏。

还有一群女性朋友，天南地北，浪啊浪啊，定不下来，而且是身心都定不下的那种，依赖社交工具而活。她们还在找寻，在旅途，在修心。带着朋友圈走天下，就是这号人物了。这类女孩子喜欢玩，好奇心满满，用脚步丈量了世界，可谓见多识广，叫人羡慕。我自己是偏向这类女生的。如果有谁和我差不多，我会建议，能折腾就使劲折腾，别停。因为，世界说大不大，说小不小，过了这个阶段，很难说还会有多少兴趣和力量，出去走走、看看。我以前总羡慕那些会玩的人，觉得自己以后也要这样，要玩一辈子，但这个世界的花样翻新绝对没有厌倦情绪来得快。也许某一天，你会突然觉悟，玩都是会玩腻的。明天会是什么样？这成了自己要去完成的课题。虽然时常发呆，发愣，灵感乍现时，又会干出些自己都难以自圆其说的事儿，但我却依旧满足于当下的每一刻。不知道该怎么评价这类女生，因为我也在其中。

我身边的女性朋友，就只是如此而已了吗？还有没有更突出的？当然了，有几位我非常欣赏的，时常悄悄拿来仰慕的。比如，我朋友圈里有一位师姐，姓申，自称申小姐，办企业办得非常成功。这位申小姐，属于从小到大都非常能干的。细细思考原因，觉得和她有一个睿智的母亲有很大关系。她在念书时，就已经表现出一个非常鲜明的特点，能非常迅速地判断出他人的需要并且热心地给予对方帮助，这是多么重要的企业家素质。当她的同学都在为课堂模拟主持缺礼服而发愁时，她迅速开了一个主持人服装专供淘宝店。看，这就是专业念书和非专业念书的人的头脑差异。也许当时有可能是她的母亲参与策划，但无论怎样，她做到了。她本科毕业后，硕士保送去了清华园，最后拼到了哈佛，毕业后开始创办自己的公司。一个女孩，能文能武，能打天下，精通技术，专业优秀，从两万块本钱开始，到雇员超过三十几号人，而且大部分还是男人。她的公司是她实打实地靠专业、技术等硬实力撑起的，与当下很多互联网公司随便玩个概念不同，也与目前很多靠人际关系拉订单的公司不同，更不用说那些靠朋友圈发图卖产品的了。申小姐的公司，是建立在她本人专业技术水平上的。我一路关注她，从她最初在一个犄角旮旯儿的写字楼里，到北京城中心位置的独栋三层洋房里。她的成功是有迹可循的，有学识、有见识、有能力、有创意、有执行力，最关键的，她还有颜值，其成就，一般男性望尘莫及。我真是羡慕得不要不要的。

除了上述申小姐的人生，我还非常欣赏一位女人，她很是低调，也不常发朋友圈，极有智慧，涵养很高。她不开口则已，一开口就是字字珠玑。她的人生，每一步，都让人出乎意料却又在情理之中。比如，她的成绩很一般，但她却能发挥自己的特长优势进入一流的大学；大学四年很是努力，毕业后顺利进入最好的平台担当主持工作。本以为她会在主持人这份让人羡慕的工作上越来越红，直至家喻户晓，没想她却离职了。时隔许久，通过朋友圈的一张结婚照得知她结婚了。又时隔许久，从朋友圈得知她多了一个孩子。为人妻，为人母，本以为她终于选择了平淡的人生，相夫教子，却不想她生娃后又去英国读了个研究生回来。我很欣赏的是她在朋友圈上发的某一条信息，虽然也是晒娃，但她说：感谢你，带给我忙碌，带给我成长。就一句感谢自己的孩子的话，便秒杀了芸芸妇女。她结婚，她生子，是因为她的自我，一直想成长，一直在变优秀，一直在追求卓越，一直在担当更多。你不得不佩服，"有些女人，一开口就赢了"这句话，真的是一点都不假。她是那个从我认识起，就一直以十分平和且强大的心态，在细细体味人生滋味的人。

所以你看，人生百态，姿态万千。绚烂的女人们，一个一个都肆意绽放着，有些妖娆，有些抢眼，有些低调，有些谦和。幸福的人，结婚不结婚，都在享受着幸福。不满足的人，得到全世界，也还是嫌不够，就连拥有都变成了一种失去。幸福是能力，无关婚姻。如果哪天，当你也感到拥有已经变成失去时，就勇敢放弃，换个角度，归零重新开始。

一个偶像进入眼帘

　　旅居在纽约的日子，有幸得到福坦莫大学师兄的关照，去蹭听了一些在他们大学举办的讲座。其间被一位叫潘惜唇的哈佛法学博士给惊艳了，她算是又拔高了我对于卓越女性的认知。有人说杨澜是卓越女性的代表，有人说宋氏三姐妹是女性的典范。是，她们都是传奇，但离我太远，至今，我还未见过杨澜一面。对于过于遥远的一切，我内心很难产生感觉，只能是在理性层面知道：对，她们很卓越，这跟一个和你擦肩而过，让你能感受到其气场的人所带来的感觉，是很不同的。

　　潘惜唇，英文名潘惜唇，国际律所德汇律师事务所（Dorsey&Whitney LLP）纽约分所合伙人。不说别的，光这一头衔，就已经分外金光闪闪。可是，这是在美国，在纽约，在一堂商科的讲座上，除了个别像我这样来蹭课旁听的，其余的人，又有哪一个不是顶着极为光鲜亮丽的头衔的，什么集团创始人、什么公司总裁、什么组织领袖等等，所以，这报告厅内的人，都是很厉害的角色。可潘惜唇在人群中，依旧还是很耀眼，似乎在发光。我不知道她身上的这种魔力是怎么来的，难道是因为肤色白？难道是因为长相靓丽，妆容精致？是她的白色香奈儿套装，还是讲台上方的灯光效果？我很难去判断到底是哪个原因，让她给了别人她光芒四射的感觉，但总归所有精心的安排，都呈现出一个效果：她在人群中，实在是很耀眼。优雅的举止，不俗的气质，她还没开始演讲，但我已经愿意为其鼓掌。

这堂讲座，一共六位演讲嘉宾，潘惜唇是倒数第二位演讲。原本主持人规定，每位演讲嘉宾只能有15分钟的演讲时间，但是前面那几位演讲者都严重超时，这就导致后面的演讲嘉宾压力很大。由于前面的演讲者又是PPT，又是快语速，巨大的信息量，让听讲的人也是压力很大，有太多信息需要消化。到后半场时，不得不承认，满大厅的人都有些疲劳且焦躁。潘惜唇开始演讲时，时间已经到了原定的结束时间。换作是你，你会怎么缓解这种尴尬？你会怎么样将观众的注意力重新集中起

回答学生提问的潘惜唇

来？你会如何让观众不离席，让他们愿意付出更多的时间继续坐在座位上听你的演讲？在潘惜唇开始演讲时，我身边的一位听众，已经起身离席了。

潘惜唇没有焦急，她手中拿着一些小卡片，走向讲台，一脸淡定且笑意盈盈。按理，时间已经不多了，可她的语速格外缓慢，那份气场像是在说："想听的继续，不想听的走吧，我就还是按着我的节奏讲了。"她那态度，反倒让厅内安静了下来，能感觉出，所有人都在开始变得专注。潘惜唇缓慢但精简地跟大家问完好，然后说道："我接下来的演讲，没有PPT，既然在纽约，大家不妨也感受一下纽约人的风情，纽约人喜欢听脱口秀，接下来的时间，我就跟大家说一段脱口秀。"她居然切换了演讲方式，一下子让所有人聚精会神不说，还拔高了听众对于后续演讲内容的期待值，真是了不起。她的演讲是从自我介绍开始的，她说她是一名律师，由于职业的关系，她和形形色色的人打交道。她为生活在贫困线以下的难民提供免费的法律援助，也为很多中东及欧洲的王室提供专业的法律咨询。她笑说自己是一个与国王和乞丐同行的人。话里话外，我听见了另一种声音：她有一颗平等心。她用多年的工作经验，向听众总结了五条有关中美企业的异同，很是诙谐幽默，用词也是通俗易懂。演讲完，刚刚好，15分钟，不多不少。我想，很多人应该和我一样，觉得这15分钟太短，意犹未尽。这就是有魅力的人，她开口，别人嫌听不够，希望能再多讲点。而其他嘉宾，分享了那么多经验和知识，造成的，却是听众信息消化的压力。为什么会有这样的差异出现？思索，真觉得这是一个有趣的问题。

如同大多数的讲座，在结束时，通常会给观众、学员十几分钟至半小时的提问环节。也许是这个报告厅的人都大有来头，又或者是美国课堂时兴这样的氛围，在提问环节，出现了一个自视甚高、自负自大、专门跑去为难演讲嘉宾的另类听众。他是个博士生，同时也是某集团高管。这位听众抖本事、晒机灵的嫌疑真的太大了，设计了一连串以反问为主的陷阱，自相矛盾的理念，迷雾重重的话语套路，最后以一句"困惑不已，请老师解答"将这次讲座的六位演讲嘉宾一起推上了比较尴尬的位置。不接话吧，那六位嘉宾的能力就如同被秒杀了；接话吧，可能很有难度，而且并排而坐的嘉宾有六位，谁去接这话似乎也是个问题。于是，气氛开始一秒比一秒尴尬。不知是否有同性气场相斥的原因，六位嘉宾中的四位男嘉宾皆微笑表示婉拒，不给予该听众回应。于是，仅剩的一位女教授和潘惜唇便接过了话筒。我观察潘惜唇还是那样从容和淡定，甜甜地笑着，不禁让人期待，她会给出什么样的妙解。更叫人钦佩的还在后头，她接过话筒，开口第一句竟是礼让，她低声问身边的那位真正搞学术的教授，是否要先作答。于是潘惜唇身边那位自信的教授接过话筒，发表了很专业的一通学术分析。我不知道在场的其他人听懂了没有，我是真的才疏学浅，毫无头绪，完全不知所云。这当真是学术的最高境界，可以让人将通篇的中文听出自己是在上英文课的错觉。这位教授铿锵有力地回答完提问者的话，台下响起寥寥掌声。教授将话筒再次递给潘惜唇，潘惜唇将话筒缓缓举起至口边，浅笑着。我又重新燃起了期待。不负所望，她一开口就又赢了，她说："这位先生，你向我们发出了一个苏格拉底式的提问，那我就给你一个苏格拉底式的回答。"妙啊！真的是妙啊！这是否就是哈佛法学院毕业生的风采？我已经很难再用语言去重现那场对话的精彩，只觉两个思辨实力相当的人，一个出了上联，一个接了下联，对得是工工整整，分毫不差。潘惜唇回答完，厅内掌声雷动，她成功收服了席间的一票"大腕儿"。我想，后续，她应该会收到很多很多人的名片交换邀请。而我这位有幸来蹭讲座的旁听生，便妥妥成了她的迷妹、粉丝。她学识的渊博，无须堆砌专业用语，话里皆是活学活用；她的慧心，一眼望穿那带着攻击性的挑衅；她的巧思善辩，层层瓦解对方设计的思维圈套。柔美的话音落，优雅的姿态立，掌声绕梁，真是精英风采啊。

苏格拉底善用对话，以引导、启示身边的人走向真理。而今一幕两位苏格拉底附体的人在眼前展开雄辩，如果问我受到了什么启示的话，我想说，我对哈佛产生了无限的神往。

我将这位叫潘惜唇的女神，默默记进了心里，也许出了这个学校大门，我们便没有机会再见，但我已很知足，她让我领略到了另一种之前未曾见识过的女性的绚烂世界：专业能力登顶，开阔的国际视野，无贫贱、无富贵的平等心。如果说真有神灵降落人间，那她应该也是其中一位吧。

从Viola这里谈开去

　　旅居纽约的这段日子，除了要特别感谢福坦莫大学的鲁师兄之外，还要特别感谢一个朋友，Viola。感谢她的无私分享，感谢她的坦诚相待，感谢她的引领指导。我与 Viola 应该算是老朋友，新相识。我们认识很早，有些年头了，但是因为各自生活的领域相隔了半个地球，所以联系非常少，朋友圈的偶尔点赞，可能是唯一的联络了。认识 Viola 是一个很偶然的机遇，得用"很久以前"这样的开头说起。

　　硕士毕业后，没啥斗志的我最终还是选择从北京回到了老家。这可把我父母乐坏了。对我父母而言，在哪儿工作不是工作，干吗非留在那举目无亲的北京，见一面还得打飞的。老实讲，在父母身边被照顾得如同小宝宝的日子，衣来伸手，饭来张口，真的是太舒服、太安逸了。每天就躺在飘窗上，看看蓝天，望望白云，喝喝咖啡，翻翻闲书。渐渐地，深感福报太厚，心中产生愧疚，于是我问父母，我做点什么好？没想到我母亲居然回答："你负责玩乐就可以了。"这话着实把我吓了一跳。我好歹是读过书的，而且自认为还读了不少，还有个硕士学位加持，我怎么在父母眼里就成了吃喝玩乐的料呢？心中深感不安。

我开始认真设计填写我的简历，在各大招聘网站上四处投递。上天眷顾，我的求职经历出乎意料地顺利，我进入一家知名国企，当起了记者，主要负责艺术家的专访。这份工作，我真的很喜欢，几乎将我在校园所学发挥到了极致。我体验到了前所未有的成就感，原来正经上班这么快乐，比那枯燥的一篇篇课程论文有意思多了。策划、采访、主持、写稿、视频剪辑、配音，全部专业技能玩了个遍。此外，我还能跟我的被访者学习很多很多艺术上的事情，总觉得这日子也太好了，我很感恩上天。那会儿，我天真地满心以为可以将这份工作，这一系列专访，无止境地做下去，至少能做到 50 集，甚至觉得，由于太喜欢这份工作了，白干也愿意来上班。可是，好景不长，开心了没几周，直属领导就告诉我："你不适合这里，你找找别的工作吧。"当时的我一脸蒙圈，犹如遭了晴天霹雳，内心千万个想不通：我一专多能，我没有要求，我听话服从，我指哪儿打哪儿，我效率极高，有人帮忙我把事情做成，没人帮忙，我一个人想破脑瓜，也想出办法把事情办成，就连项目核心技术人员剪辑师离职，我都没让项目停下，一直在推进项目，我早把视频剪辑这项技能给学精通了。就这样，领导还告诉我，让我找找别的工作？这是为什么？初入职场，我真的是不太懂，胸腔里一团火，就差脱口而出"傻子"两字。现在回想，难道是我当时太卖命工作了，领导不好意思？毕竟那时候单位工资给的也不高。还是他是为了我好，让我趁早另寻高就，别耽误青春？又或者是他自卑，觉得领导不了我？不过，不管领导当时是什么用心，反正在那时，我没有理解到，我只是很不爽。我没有想到我的努力，换来领导一句"我不适合这里"，这泼灭了我对于工作的所有热情。灵感消失之后，我的工作开始变得有些困难，因为找不到感觉，我很难辨别自己做出来的东西是好是坏，我只能让它在一定的规矩里不出错，但我自己知道，有些东西，已经失去了味道和灵性。

那一次遭受冷言冷语之后，我心里就再也没有工作的概念了，看领导的模样，也是怎么看怎么烦。至于换工作，偶尔会想，但是没有落到实处，因为我没有了上班的状态，换其他公司，其他岗位，也不会有好的感觉，何况眼下，领导也只是泼冷水，还未动真格开除我，那就先得过且过吧。我开始无视周边的一切，做到先保护自己的心灵不受伤害，然后渐渐将上班变成了一件自娱自乐的事情，每天都尽全力跟着感觉走，对什么有兴趣，就做什么，不断探索着快乐的方式和内心的热爱。一份朝九晚五的工作，反倒被我上成了朝九晚十。因为有趣，屁股实在挪不开办公椅。玩视频，玩到了独立制作；玩微信，玩到了自己创出几个小栏目；逛展览，逛到了能和参展人侃侃而谈。由于是文化单位，工作这几年，我还见识了很多奇珍异玩、古董珍宝、旷世杰作。最关键的是熟悉了一些行当的运作。很多人以为我有极强的事业心，殊不知我所有的自在，皆源自最初只是在等一份辞退书的心。但话又说回来，我也没真的担心自己被一个公司辞退。船到桥头自然直，我可以掌握的、能做的，就是好好珍惜在岗的时间，做点于人于己都还不错的事情。最后，事实是，在国企那么沉闷的地方，身边年轻同事换了一茬又一茬，我反倒成了公司里工作时间最长的人，连我顶头上司都换了一拨，我仍雷打不动坐着。上班上成我这样的，不知有几人。工作那些年，除了岗位带来的平台资源，我还探索了所有自己感兴趣的领域，而且坚持看书、运动、听黑胶唱片、逛博物馆、练书法、看绘画、学烹饪、做咖啡、看股票，还跑了马拉松、买了公路车，等等。当然，也干过上班时间打游戏的事情。内心渴求，那就行动，但凡能接触到的，全都尽力去玩，以至于最后玩到了美国。而 Viola 就是我第一次到美国时结识的。很多人好奇我为什么上班时，还总能出国旅游，嗨，假期挪一挪，不够再请请假嘛！

对于美国，我曾经不止一次动念想去留学，但自始至终都不知道该深入学点什么，所以正儿八经的留学事宜一直未能提上日程。碰巧那时候，我本科时期第二专业商务英语的老师——李教授，正好在美国德州交流，由于上学时就比较聊得来，于是我将自己想逛一下美国的想法告诉了他。李教授人真的很好，又热心，他对我的想法给予了最大的支持。很快，我便落地在美国加州。在李教授的牵线搭桥下，我在斯坦福和 Viola 第一次聚餐，对她的印象极为深刻。说到这里，还得感谢李教授，没有李教授的牵线搭桥，组织聚餐，我也没有机会认识那么一个超级优秀的女孩。

初次见面时，Viola 是个圆脸的姑娘，或许因为我也是圆脸，所以我觉得特别亲切。我们还有好几个共同点，比如，她和我一样是双子座，按生日，我还大她两天，但是她读书早我一年，所以她是师姐。当然，我是非常愿意她当师姐的，这是我的荣幸。我们还有着一样的身高，170 厘米，但她的身形更为靓丽，长发酷酷地披着，她眼睛很美，闪闪发光那种。相比她，我还是书生气太重了。认识那会儿，她在斯坦福准备申请学校，刚刚过了 GRE。印象里，感觉她就是踏实平和，亲和力极强。那餐饭，我实在记不清都聊了一些什么，只是满心满脑都装了她的一张脸。她应该是很忙的那种人吧，勇敢奔赴在追求自己目标的道路上，充实又幸福。一面之缘后，我回了国，朋友圈里不怎么有她的音信，我只能很偶尔很偶尔地，看见她的一条惊艳的消息，比如，她在美国读硕士时，在联合国实习。之后，她硕士毕业，挽着她的爸爸参加学院举办的毕业典礼等等，零零星星。

期间，我们有过一次微信联系，我只发送了"好呀"，她便回复：有任何申学上需要帮助的，尽管讲。什么叫乐于助人，这应该就是很明显的一种了吧。

这次决定来美国旅居，出发前，我就想好了，Viola 是我必须要去见一见、聊一聊的。果然，这个决定是非常正确的。在 Columbus Circle，Viola 如春风般出现在我面前，真让我觉得，借由她的美好，开启 2019 年的春天，是再完美不过的事情了。我们一起在中央公园散步，相比之前的印象，这一次，她似乎瘦了一些，长发也换成了清爽利落的短发，一袭米黄色大衣加身，气场很足。Viola 毫无保留地向我这个外来客展示她所有的内心及思想，包括过去几年的经历、眼下的状况，甚至未来的规划。我真的很感动，一时间竟不知道怎么样去表达我内心的感受，我非常感恩她给的那份信任和热心。要知道，步入社会后，到了一定年纪，真不是谁都愿意敞开心扉的。我估摸了一下自己眼下的状况，只能略显难为情地说："这段时间，我都没有什么重要事情，如果有什么能用得上我的地方，尽管吩咐。你工作忙，我去给你打扫卫生，做好饭菜也行。"我的话把她逗得哈哈大笑。

我和 Viola 也算得上是很投缘了，在为数不多的几次接触过程中，她每次都能给我很多很多帮助。我在纽约可能需要的任何信息，她都提前帮我留意；任何好吃好玩的都跟我分享。我若需要购物逛街，还能蹭用她的很多 VIP 卡。最重要的，是她还能在一个比较高的层面给我她的经验和指导，比如，美国的一些就业、创业、自由职业发展情况，在美国都可以做哪些事，我又适合做什么等等。她如长辈一般发掘我的优点和强项，并给我十足的鼓励和肯定。为了驱赶我的孤单，她还带我出席她的朋友聚会，介绍给我很多极为优秀的朋友。

她向我完全开放她的个人资源，似乎只要我能用得上，包括她的家，她所使用的健身房、游泳池等等。甚至在我说因为有过呛水差点淹死在泳池的不好经历，我已经无法游泳，内心有障碍这么一件小事时，她立马将我领到她的游泳教练面前，让教练传授我克服过去心理障碍的方法。我在纽约，恍惚间竟然有一种在圣母之爱的笼罩下的错觉。这与 Viola 在我身边是分不开的。

在纽约，Viola 邀请我参加她和她朋友的聚会，也是挺开眼的。聚会的一桌子 90 后博士生让我深感自己拉低了这里的智商平均值。虽然 Viola 只是硕士，可是人家有两个硕士学位，英国曼彻斯特大学一个，美国纽约大学一个。我赶紧起身给各位博士倒茶。学霸真的不光是在学业上霸气，餐桌上，说学逗唱，皆有模有样，讲起段子，也特别认真。引得满堂大笑后，开讲的那位还萌萌的，似乎还不明白大家为什么笑。当严肃派讲起笑话，真可谓是赢得片甲不留。我在我的朋友圈，发过一个席间笑话，出自曾是杭州二中学霸，后保送北大，继而又留美攻博的一位帅小伙儿。笑话讲的是一真事儿，说是一位鄂姓的中籍教授在美国搞学术研究，其英文称呼就是 Professor E（鄂教授），外籍教授就很逗了，Professor E？那 ProfessorA，B，C，D 哪里去了？（Where is the Professor A，B，C，D？）还记得我前面提到的女神潘惜唇吗？她也是在讲座时，开启了脱口秀的模式。还有那位很有名的搞生物化学研究的博士黄西，也是脱口秀大咖。如此看来，似乎能得出一个"歪理"：浸过洋墨水的博士幽默感都特别好。这一次聚会，认识了很多新朋友，又听得许多新鲜事儿，数我的收获最大。

我是崇拜 Viola 的。如同众多优秀的人自带强大磁场和吸引力一样，她也是极有魅力的一个人。她的朋友评价她，就是简单的两个字:"优秀"!那优秀到什么程度呢?或许可以从小时候说起,她不仅生来有较高的颜值,遗传了家庭的高智商,而且后天还非常努力,自身多才多艺。她有着非常好的性格,开朗、活泼、阳光、温暖。她和我是大学校友,但那会儿我们还不认识,她是当时热门的国际贸易专业学生,而我是人文学院播音系学生,隔得还挺远的。本科毕业后,Viola 先是在英国读了个研究生,后来又赴美读研。必须强调的是,与很多烧钱留学的孩子不同,她在来美国读书前,中间有一段时间是参加过工作的,而且工作非常体面且安逸舒适。换句话说,她是放弃了优渥的环境,走出了舒适区,去再次接受挑战的。换你,你会这么做吗?换我,心虚地讲,我可能做不到。我崇拜她那骨子里的冒险精神和能沉着冷静分析问题的头脑。她自己制订落实的申美名校研究生规划,除了必要的考试需要通过,她还非常仔细地分析了自己所选专业的人才缺口数据、未来就业情况等等,眼光相当长远,为自己做足了前期的准备和计划,然后开始严格执行,一步一步拼实力取得今天的成就。

Viola 这一路走来,一点时间也没有耽误,如期顺利攻下硕士学位,从纽约大学毕业。她读书期间还在联合国实习,丰富自己的履历,毕业后又顺利留美工作,学以致用发挥专长。我作为一个和她不同专业的人,着实是不太懂她的专业和行业,但我能感受到她的成功。比如,她的办公室在曼哈顿中城的摩天大楼里,落地窗外可见中央公园和911纪念广场的景色;她还不止一个办公室,另一个重要办公地点在华盛顿,当普通人瞅着自己的薪资唉声叹气时,她在愁自己有两个办公点,薪资太高需要给美国政府交太多的收入税;作为一个在美国的中国人(其实就是外国人了),而且还是女生,她在工作中担任的并不是一个小角色,用她朋友的话讲,那就是"领导"。我着实佩服得说不出话。出色的人，真的是方方面面都出色，比如她对于自己的收入也是投资理财安排得井井有条。当别人还沉溺于美剧《绯闻女孩》的梦幻时，她已经购房于纽约核心区域上东区，真实地过着《绯闻女孩》里女主角们的生活。而她和我一样，还没过 30 周岁生日。你要说不羡慕，那肯定是假话了，但我对她的羡慕，更多的是欣赏，太欣赏她了，把梦想统统都给落地了。

俩女生在一起，互相欣赏完，这个年龄少不了如一日三餐般的必谈话题——婚姻。不过，在 Viola 的身上，还存在另外一个十分难聊的话题，定居海外的子女对父母的"孝"该如何实现。我们都绊倒在这两个似乎永远没有正确答案的问题里。或许是因为在 Viola 的神情里照见了自己，我多了几分冲动，觉得有些思考，是应该拿出来和所有人一起探讨探讨的。

先说说婚姻问题吧。Viola 的优秀和智慧，已经用实际行动和现实成就彰显了，根本不需要过多赘述，那为什么还没有结婚呢？我觉得她当得起那句话："太优秀了，一般人配不上。"她身边从不缺条件好的男生，但是像她这样一个学霸级仙女，坐在一个帅男人的跑车上，拉风地在马路上呼啸而过，画面和谐吗？老实说，我会觉得表面看起来也是挺不错的，但是内心就不好讲了。Viola 说，不合适的，非常的不合适，一开口聊天就知道天各一方了。有点道理。那条件好的富二代不合适，白手起家的创一代呢？这就很难说，得具体到人了。Viola 的能力实在太强，她要做个什么程序，轻轻松松就能把敲代码这种事情给迅速学了。这开挂的人设，一般人还真的追不上。也难怪她会说，她的言行举止，都开始学着努力谦让男人。她真的很怕让男生失了颜面，有的时候，无心冒犯，看着男生低头的样子，特别怕对方的自尊心碎了。绝对的女强人，错不了了。

如果不考虑要生自己的孩子的话，她还真没什么地方需要男人的。对她而言，最好的另一半，应该是志同道合的人，他们可以是朋友，也可以是情人，还能是合伙人。我不知道这想法是有多理想，但我希望它能成真。Viola 也打趣我，问我想要什么样的人。这个问题，我自己都问过自己很多回，我很难想象出对方的相貌，只觉得他应该是不吵、不烦、不黏、不腻、不尬，喜安静、善思考，用情专一、温柔慷慨，尊重我并给我自由和空间，支持我做自己喜欢的事，这样子。当然，继续贪心下去的话，自然也会希望对方又帅又多金又疼我，有学识、有修养、有抱负，爱动物、爱运动、爱家人等，完美的最好！啧啧啧，这几行字打完，自己都唏嘘了自己一把。

　　说到这里，脑海中突然飘过一件事，很想吐槽一下：曾经有一次出远门，中途在迪拜机场因转机逗留数小时，于是我闲逛于一个免税化妆品卖场。此时进来一位男士，用十分磁性的声音问了服务员一个令人感觉反差极大的问题："小姐，请问有男士用的 BB 霜吗？"对于男士化妆这件事，在我的认知里，通常是一些特殊行业从业者的必需，比如演员、主持人、化妆品专柜的男性导购等。因为活跃于公众视野，作为公众人物或者由于职业关系，是有必要注意自己的形象的。可是一个素人，也将这些涂脂抹粉的事情作为一个习惯，不觉得有些怪异吗？当时我将这事跟身边一个小姑娘说，她一点也不感觉奇怪，她的所言甚至吓坏我这个传统大姐姐，轻轻松松又晃动了一下我的三观及认知："这有什么，不就涂个 BB 霜嘛，现在好多小男生，出门都要画眼影、画眼线的，化妆技术可不比女生差，特别会保养，特别注意自己形象。"我发愣，待在原地许久，无言以对，现在的男生都这样了啊。畅想一下，若将来自己的伴侣，嗨，不用说是伴侣，就身边的男性朋友吧，如果哪一天，当着我的面，掏出一个化妆镜，拿着眉笔轻扫眉、细描眉，我可能就要反胃了。请原谅我不与时俱进，宽恕我审美传统，我始终觉得，男孩子就是要有男孩子的样子，男人就是该散发男性荷尔蒙的，肤色可以是黝黑的、粗糙的，肌肉的线条就该是精实的、清晰的。男人本就该是阳刚、力量、强壮的象征，怎么可以涂脂抹粉，阴阳怪气。何况，那些大牌昂贵的化妆品里，含有许多雌激素，通过皮肤渗入人体，时间累积，对身体也无益处。不少人认为我的观点偏颇，觉得这是一个时代的男性的温柔，但我认为温柔儒雅不应该是这样的。

也不知道自己是不是和 Viola 都返璞归真了，我们现在都觉得长得好看的、高高帅帅的、热爱运动的阳光男生很不错，其他所有一切，都是可有可无的。这貌似是情窦初开的初中小女生才会有的喜欢一个人的标准。想起另外一个闺蜜的话，她现在也是非常成功的电台主持人了，她的观点是，可有可无的都还是要的，这样两人就不会被生活中的坎坷随便欺负，所以，对她而言，有些东西起到的是盾牌的作用。我认为她比我们要成熟很多，现实很多，她的观点也是挺可取的。

或许是因为我在纽约的关系，Viola 这个在感情上比较难以抉择的女生，终于在我们的谈天内容中找到了一些大家都一致认可的观点，有了更强的动力付诸实践。之后她和一个长得非常漂亮的美籍金发男士走到了一起。用 Viola 的话讲，那位男士非常符合她的审美，犹如西方雕塑里的美男子，散发着优雅的气质，酷爱运动，高大帅气。他是俄罗斯人，拥有让她都羡慕不已的长睫毛。我有幸见过这位绅士两面，还和他们一起吃了一餐饭。当真是情人眼里出西施的，我觉得还行的人，Viola 能看出花儿来。不过，我还是很替 Viola 能找到自己喜欢的人感到高兴，听他们描述未来，我仿佛都看见了他们过几年后生的洋娃娃满地跑的场景，很是美好。无论未来怎样，我先悄悄送上恭喜和祝福。

在纽约，和 Viola 去中央公园散步，很偶尔的一次散步，我们就遇见一对情侣，男士正在向他心爱的女士求婚。那位男士穿着黄色夹克，蓝色牛仔裤，Timberland 的户外运动短靴，整体而言就是穿着休闲、随意。他的女友也没有盛装打扮，穿着衬衣、仔裤和黑短靴。两人服装搭配十分默契。看样子应该是来此旅行的。此时的男士正单膝下跪，手里捧着鲜花，一手举着戒指，虽一切从简，但也一样没少。他仰头望着自己的女神，结结巴巴地说着一大堆话，眼睛死命地眨，估计也是紧张坏了。哆哆嗦嗦一堆肺腑之言后，最后那句话我听得很明白。"你愿意嫁给我吗？"说完眼神充满渴求地望着女友。那种渴求，仿佛没了对方，他可能就会一命呜呼。女友的表情也是很有意思，一会儿看着自己眼前的男人傻傻地要笑，一会儿又像是被感动到了要哭，在哭哭笑笑之间，她情绪的波动显而易见，也许这就是幸福吧。男士话语一落，女士平静了一会儿，点点头说愿意。男士立即给女士戴上戒指，并起身抱着他心爱的女人，激动得泪水盈眶。周围游客随即爆发出雷鸣般的掌声。这种幸福是演不来的，是很真实的，是极有感染力的。我也拍着手掌，和他们一起幸福着。Viola 说，中央公园是个求婚圣地，这里天天如此。真的是很美好，我都有些憧憬。相比，许多中国男士虽然也受西方文化的影响，但是这么勇敢做的，你们觉得多吗？中国男人会明明对你喜欢得要死，还得霸道总裁一样端着。更有意思的是，哪怕真来求婚这一桥段，也是应女朋友要求而配合的，这种情况已经不错了。也许，这就是中国式婚姻让人一点都不羡慕的原因。中国男人会经常说"我爱你"吗？好像没见过，以至于中国女人突然听见男人表白，会直觉反应，对方是不是做了什么错事儿。为什么会这样呢？是东方人不擅表达内心世界的原因吗？到底是过高的自尊心作祟还是过谦的自卑心作祟？抑或只是不习惯？西方人是一起奋斗一个未来的模式，东方人是奋斗出一个未来给对方。当然，一起奋斗的模式也有弊端，奋斗过程中有可能走散哦。于我而言，嗨，一不做二不休，就是自己奋斗一个美好未来，充实自由过一生。理论上来说，这好像也是条很不错的路。

还有一些细节，也是能表现出中西方差异的，比如公共场合的礼让。我一直是拿地铁作为出行首选的交通方式。运行高峰时，要么自己避开人流，多等几趟车，要么就是不分男女大家一起挤。但在纽约，人口密度那么高的地方，在地铁里，我感受了几次来自绅士的礼让。其中有一次，到站的列车车厢里人其实不是很挤，以我在国内挤地铁的经验估计，列车车厢里起码还能塞上近十人，但是由于列车上的人站得很分散，看起来给人感觉没有空间了一样。我是身经百战，可以挤，但是我担心旁人会不适应我这种做法，还担心自己会毁了中国人形象。在我正犹豫是否要挤上去的时候，刚在我前面上车的男士竟然从车厢退了出来，并给我做了一个请上车的手势。我是有些意外的，连连道谢。最后，我上了车，那位绅士等下一班。话到这里，其实已经不是一个中西方对比的问题了，而是一个素质和素养的问题了。虽然我也看到很多国内的公众号嘲讽纽约的地铁脏乱差，但是在纽约地铁里能够常见到素质好的绅士也是事实。我们早在小学课文里就知道，曼哈顿街头也是有乞丐的。其实呢，全世界大部分地方都差不多，去其糟粕，取其精华，我们要能发现美好并学习之。

言归正传，由于 Viola 交了外国男朋友，他们家里人最近似乎跟她聊得很多。她母亲是接受这一现实的，并且心态很积极，因为她母亲开始学习英文了。Viola 的父亲好像有点难以接受这一现实。另外，Viola 的其他亲人则评价她不孝顺。这真的是一场来自灵魂和道德的拷问。其实不用说 Viola 交了个外国男朋友，就连我来美国旅居这件事儿，也有看热闹的不嫌事儿大，弄得我母亲以为我要移民了，成天慌慌张张，担心女儿白养了。看着母亲在微信里对我试探的口吻，我在地球另一端都有些哭笑不得，只得安慰她老人家："你放心，我不图什么绿卡。"不用周围所有人提醒我，我自己都在深思这个越长大越不明白的问题："啥叫孝顺啊？"

近几年，我家人总提"孝顺"这个词儿，以前是没有的。我应该算是一个很听话的孩子，所以过往不曾有人跟我强调孝顺的概念和范畴，因此"孝顺"两个字，一直是四书五经里的一个词语。父母开始总提这两个字，我想，我应该是做了很多让他们觉得是"不孝顺"的事情了吧。可是细想，又觉得"孝顺"似乎是个伪命题。比如，Viola 留学美国后，继而又工作生活于美国且交了个外国男朋友，这事儿怎么就能够和不孝顺扯上关系呢？父母亲朋不乐意，你当晚辈的做事不顺着长辈的心意，所以你不够孝顺，这说不通啊。我觉得 Viola 如果结束美国这边的工作、生活，回到父母身边，嫁人生子，不仅彻底浪费了父母辛勤的付出、培养与支持不说，还浪费了自己那么多年辛苦的学习、努力和坚持。必须得是像现在这样能在美国扎根下去，闯荡出一番天地，做出一番事业来，才能对得起父母的培养、自己的努力吧。她做得那么好，哪里不孝顺了？真的是一点都想不明白。如果 Viola 这样还被批评不孝顺的话，那我该如何自处啊？我没有 Viola 优秀，还不交男朋友，还时不时吼我父母，脾气上来还摔东西，按古律，我当以忤逆罪论斩了，自惭形秽。亲情真的是一个比爱情、友情更为复杂的问题，因为你面对的，是生你养你，和你血脉相连的父母。哪怕修炼到一颗如止水一般的心，面对父母，依旧分分钟能被激起千层浪，都说不上是为什么。当然，换到其他人身上，还不光是父母子女之间至亲的亲情，还有由友情或爱情升华而来的亲情，绕在一起统称一家人。家庭内部要是出了什么矛盾，清官都没用。所以，Viola家长辈评价她不孝顺，我作为旁观者除了宽慰Viola别在意之外，很难再说什么。但我很有兴趣在这里悄悄"歪评"一番。

在我印象中，谈及孝顺，对此有着较为深刻理解的人，是我大学的社会学老师。她姓谢，给我们上课那年，她29岁，正是我现在的年龄。当年她这样说：对待父母长辈，是应该要有孝心的，要尽力去做到最好，孝敬长辈本身是我们中华民族的传统美德。但"孝"和"顺"是两回事，要分开看待，要有孝心，但不能一味顺从。鼓掌，此番言语，深得我心，那年我大二。

孝顺的本意是尽心奉养父母，顺从父母的意志。很多人接受、认可、崇尚、笃行这种观念，孝子的美名也随之传唱。眼下，中国的养老福利系统，整体而言，虽还不及西方发达国家完善健全，但考虑到我们那么多人口，其实也是相当完善的。就我的周围朋友而言，父母都有比较稳妥的养老退休金，生活是不成问题的，在晚辈该尽心奉养父母的时候，父母还时不时拿出积蓄补贴给晚辈，担心现实社会给晚辈带来的生活压力太大。在这样的现状下，奉养父母貌似不是什么难事。也就是说，孝顺不是个经济问题，逢年过节，买不买礼物，给不给红包，都是其次，关键在于要表达出心意，哪怕一通电话，都是可以的，皆是孝心。那问题出在哪里呢？我思考了很久，觉得是出在父母跟父母之间的比较上，子女是父母辈之间攀比的一部分。Viola说她家人总骂她不孝，让她学学她那什么表妹、堂妹，都生二胎了。这跟我父母讲的，真是一模一样的。先前还用"别人家孩子"代替，我母亲口头禅就是"别人家孩子都二胎了"。我总反问"谁呀"。后来我真有一个远亲的妹妹结婚生娃了，我母亲开始直接冠名"小丽（化名）的孩子都会跑了"。嘿，说不好听点儿，她孩子就算会飞了跟我又有什么关系。更可气的是，我母亲说她这辈子，做得最错的一件事儿就是让我念书念太多了。这都什么荒谬逻辑？但是，即便如此，我都硬生生给想出了顺从父母意志的办法。喜欢孩子是吧，想当外公外婆是吧，那就人工授精，生他三个，然后我们一家子就都围着这仨打转，个个随家族姓氏，多么其乐融融，多么光宗耀祖。考虑到生孩子的时间确实不宜太晚，我特别认真地跟家里商量这事儿，搞得家里人都不搭理我了。世界可算清净了，感谢科技。

反思，什么叫孝顺啊？在没有弄清楚一个概念的本意之前，不要随便进行道德绑架。这种做法，就好比你都没有弄明白一个物理公式的原理，就试图在那里解题一般愚不可及。孝顺，应该得有个边界，什么是孝顺的边界？其实也很难描述，列举一个极为抽象的表达：如果父母之爱是自私的，那就没有孝顺可言，孩子的诞生注定会成为这世间的悲剧；如果父母之爱是无私的，那儿女的幸福快乐就是最大的孝顺。可芸芸众生大都是普通人，纯粹的自私和纯粹的无私极少，很多时候，自私和无私都会有一些，只是有一个占比问题，是相对的，是相互转换的，是保持着一个动态平衡的。因而父母之于子女也好，子女之于父母也好，最和谐的关系应该是一个能张弛自如，收放有度，动态平衡的状态，绝非是一方对另一方的顺从服帖。在那些千方百计催婚逼婚的伎俩里，痛批不孝似乎是所有父母都惯用的。我穷极了我所有换位思考的能力，也没有想明白这回事，可身边朋友却一个接一个向

"不孝"的标签投降，选择了顺从父母的意志。我和一些已婚朋友聊天，问他们为何会选择结婚，答案也不外乎是"我妈太羡慕隔壁邻居有孙女了""父母安排的相亲，感觉还行，那就这样吧""我爸妈年纪也大了"。我自己也被安排过几次相亲，相亲对象结婚的理由梳理如下：我父母年纪真的大了；我父母盼我早点结婚；我打算从部队退役了（对方是军人）……换作是你，做何感想，你会嫁吗？我能理解所有持此观念的人，但是对方求娶的理由实在无法成为我出嫁的理由。

不少人认为像我和 Viola 这样的，都是受国外生活观念影响很深的人，和我们谈"孝顺"是鸡同鸭讲。但是国内一些人批判国外的亲子教育为"断子绝孙教育"，着实叫人咋舌和费解。于是我向中国传统文化摸索，寻找更为古老的智慧。和我大学社会学老师所讲的差不多，古人言孝，讲的是"孝道"，并没有说要"孝顺"。孔孟都强调要"孝"，但不一定要顺。《孝经》里有这样一个故事，孔子的弟子曾问孔子："子女顺从父母就叫作孝吗？"孔子回答："这是什么话！当父母有不义的地方，就要设法劝阻，这样才能使他们避免陷入不义之中。如一味顺从，使父母陷入不义，又怎能称之为孝呢？"再观孟子，那句"不孝有三，无后为大"，是多少婚姻最初建立的关键，可曾有人去想过"不孝有三，那其他两个不孝是什么"。

"不孝有三，无后为大"，这句话是孟子说的，语出《孟子·离娄章句上》。孟子曰："不孝有三，无后为大。舜不告而娶，为无后也。君子以为犹告也。"虽找到了"不孝有三，无后为大"这句话的出处，但依旧没有明确那神秘的其他两不孝是指什么。不仅那神秘的其他两不孝没有明确，找到原文以后，还不小心看出了点别的问题。孟子曰："不孝有三，无后为大。舜不告而娶，为无后也。君子以为犹告也。"——这句原文是什么意思？逐字逐句释义一下："三"，可以是三种，也可以泛指多种；"无后"，到底是没有后代，还是没有尽到后代的责任？全句的关键，其实就在于"无后"的"后"字怎么解释。我们一起代入原文看看吧，先把"后"释义为"后代"，原句的意思就是，孟子说："不孝有很多种（或者，不孝有三种），没有后代最为不孝。舜没有告知父母就娶妻，是会没有后代的。君子认为还是告诉父母比较好。"这译句通顺吗？舜没有告知父母就娶妻，是会没有后代的，这说不过去啊！将"后"译作"尽后代的责任"代入原文，原文可以翻译如下。孟子说："不孝的行为有很多种，没有尽到后代的责任最为不孝。舜没有告诉父母就娶妻了，是没有尽到后代责任的表现。君子认为还是告诉父母比较好。"所以，连通上下文一看，"后"字理解为"尽后代的责任"比较通顺。那如此一来，千百年传承的"不孝有三，无后为大"其实跟传宗接代生孩子没啥直接联系，孟子不是这个意思。

论述至此，大意是想说明，有关"不孝有三，无后为大"的具体含义，至今都在探讨、商榷和推敲之中，由此发展出来的观点、观念、理念也不过是后世人的一种解读。这无关好坏，也确实没有对错，只是一个取舍的问题。有舍，必有得；有得，必有失；有失，必有补。天地万物，道法自然，终是一个失衡又平衡的过程。

接着，我们将重心放到"不孝有三"上。不管不孝的行为是涵盖了多种，还是三种，深入思考了解何为不孝，于情于理，都有意义。在《孟子·离娄章句下》中，孟子曰："世俗所谓不孝者五：惰其四支，不顾父母之养，一不孝也；博弈好饮酒，不顾父母之养，二不孝也；好货财，私妻子，不顾父母之养，三不孝也；从耳目之欲，以为父母戮，四不孝也；好勇斗狠，以危父母，五不孝也。"哎呀，这孟子说的"不孝有三"转眼发展成了"不孝有五",至此,我决定饶过自己,不要再较真儿这不孝到底是三是五了。总之,对其所言之不孝行为,悉数铭记即可。于是,就有了我的简洁版不孝行径:第一,四肢懒惰,不管赡养父母;第二,酗酒聚赌,不赡养父母;第三,贪吝钱财,只顾妻儿,不赡养父母;第四,放纵享乐,使父母感到羞耻;第五,逞勇好斗,连累父母。如此种种不孝行径,大家有则改之无则加勉吧。

这样看来,我本想搞清楚"不孝有三"之其他二不孝,结果整出了五不孝,也是收获颇丰。但是历史上,有人就比较轴,非要在这"不孝有三"的"三"字上做文章,于是就有了"于礼有不孝者三者,谓阿意屈从,陷亲不义,一不孝也;家贫亲老,不为禄仕,二不孝也:不娶无子,绝先祖祀,三不孝也"。这话来自汉代赵岐。他把"不孝有三"定义为了三种,可见他并没有理解孟子的五不孝,就断章取义把"无后为大"解释为"没有后代"。他这样做的目的,很有可能是顺应了当时的环境,故意曲解了孟子所言的含义。原来啊,这误解是从这里开始的。

其实,中国的古人一直讲的是"孝道"。有关"孝道",有一部传承下来的经典之作——《孝经》,清代的纪昀,也就是我们熟知的纪晓岚,在《四库全书总目》中指出,《孝经》一书是孔子的七十子之徒之遗言,成书于秦汉之际,它蕴藏着无尽的有关于"孝"的智慧。

对父母尽孝是天经地义的,上到天子,下至平民老百姓都是一样的。同时孔子和孟子都指出要孝但不一定要顺。该顺则顺,不该顺就不顺。"孝敬"一词,要远远高于孝顺。没有人会希望自己的父母不好,失去颜面,失去尊重,不得满足。但这伦理纲常,细枝末节,皆需智慧。但话又说回来,千家万户,形形色色,如果说"孝"字还无法提供足够强大的力量来支撑起对于敬爱长辈的坚定，那我还有一个字可供参考，更具普世意义，也适用于全球所有地区、所有种族，这个字，叫作"善"。"百善孝为先，万恶淫为源。常存仁孝心，则天下凡不可为者，皆不忍为。"

洋洋洒洒论完传统"孝"理，接着说说留洋子女的"孝"字困惑。有人批判那些留洋不归的学子忘本，忘记了祖国和家人，忘记了回家的路。我想分享一件真事儿，是父母朋友的孩子，初中、高中皆就读于国际学校，高中毕业后留学英国，剑桥拿的硕士，手里揣着含金量极高的国际注册会计师证，然后在父母的要求下和男友完婚，落户上海，走着比较传统的、符合父母长辈期待，符合主流价值观的路线。自然，这没有什么不好，唯一有一些些不足的是，她辛苦所拼得的国际会计师证，暂时还无用武之地。但换个角度，像这样没有被花花世界腐蚀，没有让父母的金钱付诸东流，扎扎实实把本事学到手，且有闪闪发光的学历学位和技能证书的人，让她去竞争极为激烈的华尔街之类的地方磨炼磨炼，学以致用，又有什么不好呢？这一毕业就被催着结了婚是否有些可惜？再回到 Viola 这里，一个中国女孩，在一家外国公司，赚着美金，还指挥着外国人工作，太给中国人长脸，太酷了。

还有一种认为留洋不归是"不孝"的观点不外乎是因为觉得父母生你养你，最后落得个一年才见一面，家里有事也指望不上你，太叫人伤心了。那就说说我自己吧，我读研的时候，在北京，我父母老家是绍兴下面的一个县。我研究生后半段时间，几乎每个月都打飞的回家。老实讲，父母可能背地里都在嫌弃我烦。毕业后，我在杭州工作，离家只有一个半小时车程，细数一下，好像还没我在北京的时候回家多。离得近，反而相聚少了，这是什么心理在起作用？ Viola 在美国学习工作，每年放假可以回家和父母相聚一个月左右，按陪伴父母的时间来算，可能已经完胜很多在国内工作的人了。当然，我们都"羡慕"那些和父母一起住的人，吃父母的，用父母的，工资可以是自己纯玩乐的开销。那些高举"孝"字的批判者的担心，可能并不符合实际情况。当然啦，我说的确实是个案，孝不孝的，最终还是那份心意，与距离无关。

最后，贴"不孝"标签的人认为子女离父母远，万一父母有个什么病痛，照顾不方便。我知道有这样的事情，子女在海外，父母生病去世突然，子女赶不上，回来就连最后一面也没见到，很遗憾。可是，现如今交通和通信都如此发达，若非意外发生，这样的遗憾终究是概率很小的事情，哪能这么以偏概全呢？换个角度去想，父母日常的小病小痛，二老可以互相照顾一下，还有亲朋好友伸以援手，若真生大病了，国外也有世界一流的医疗条件，也可以成为父母健康的保障。不用说国外，国内任何大城市的医疗水平一定都是领先于中小城市的。子女能在繁华都市拼得一席地位，还有什么比这更令人安心的事情？很多长辈对此嗤之以鼻："哎哟，可别指望了，孩子去了大城市，走哪里都是高消费，我们病了去找他们，肯定会嫌弃我们添乱的。"我无法作为子女的代表，但我可以将我听见的一些为人子女的心愿复述出来："再苦再累，我也要在大城市扎根下去，大城市资源丰富，医疗条件好，以后父母生病不用担心，教育资源好，自己的子女教育不用担心。"姑且不论这种认知是否科学正确，可其心意显而易见。作为旁观者，我时常不明白那些指责子女不孝的到底是出于什么用心。中国素来有养儿防老的思想，假设晚辈当真是长辈的最长远投资，那投资产生回报也是需要一个过程的，那么着急做什么？中国也有棍棒底下出孝子的传统，长辈对晚辈的各种苛责难道是出于训练晚辈，给晚辈提前打预防针，暗示子女"将来可不准对老辈儿不好"的需要吗？还是说，长辈是在训练晚辈别管别人怎么说，怎么评价，勇敢走自己的路，哪怕至亲批评冤枉你，你也要坚守自己的内心？又或者是，真没我思考的这么复杂，其实就是长辈很贪心？那些总去批评子女不孝顺的长辈，到底在想些什么呢？这真的是个很有意思的问题。但总而言之，我想表达的是，别随随便便拿"不孝顺"进行道德批判了，有事说事，实事求是，谁都别作。我只是 Viola 的朋友，能交到这样的朋友，我内心都时常觉得幸运，那作为 Viola 的家人，我想内心应该是很骄傲和自豪才对吧。

每个人，与生俱来都有"翅膀"，有"飞翔"的愿望。中西方都一样，不一样的是后天的影响。西方人偏向呵护那对隐形的翅膀，东方人偏向折损那对翅膀，到底谁的方式更好，这很难判断。我们的文化是"天将降大任于斯人也，必先苦其心志，劳其筋骨，饿其体肤，空乏其身，行拂乱其所为"。对孩子最为深沉的给予和保护，我想应该是训练其独立性；最为长远的打算，莫不过全人类一起憧憬一个和平安定的未来世界。至于孩子的概念，我觉得，心智不成熟的人都可以叫作孩子，与年龄并无关联。

残剩的记忆

　　家里长辈们总是说，趁年轻，到处去看看，去体验体验，想做什么就放手去做，想玩什么，就大胆去玩，这人一老，就会腿脚不便，脑子不灵，所以，要珍惜青春时光。如此这般，老了就不会后悔，老了就有丰富的经历和回忆。当真是这样吗？30岁，不管被定义为什么年龄，我作为一个人，已经有30年的历史，30年的故事，30年的回忆，然而，每当夜深人静时，我在努力回想，发现过往并非如真实经历的那般漫长。也许很多经历，已经沉淀成了化石，所以，脑海里闪现的鲜明片段，终究只有那么数得过来的几段。我还需要努力，努力保存那些残剩的记忆，我担心，老了以后那所谓丰富的回忆是不真实的，我不想未来只有茫然和麻木的空白。

　　我的出生，也许是巧合，也许是缘分。我出生的时候，是梅五月，正是江浙地区的梅雨季节。据说，我出生那天，电闪雷鸣，倾盆大雨，母亲为了方便，为了身边有人照料，将我生在了农村，生在了外公、外婆、爷爷、奶奶的身边。结果，那绵绵不绝的暴雨天气，却让整个村落都塌方了。母亲每每讲起这一段，看我，都要配上一种格外异样的眼神，仿佛我不是人类。因为我那时候还是婴儿，毫无印象，虽然母亲将我出生这一段描绘得神乎其神，但我依旧是将信将疑，所以，我又仔细去考证过这一段历史。资料显示，外公、外婆、爷爷、奶奶所在的回山镇下山村在 1989 年确实发生了非常严重的山体滑坡，起因是强台风和大暴雨，使得整个村落向西滑动，沿山坡滑出数千方岩土，造成三个自然村大面积开裂，倒塌了 67 间房屋，103 户住房变成一级危房，142 亩水田开裂。1989 年的降雨量达到历史最高——1938.1 毫米。1989 年 7 月 30 日滑坡发生时，降雨量达 144.4 毫米。由此看来，我母亲说我出生时，连日暴雨，电闪雷鸣，山崩地裂，倒也不假。她还告诉我，我小时候，那叫一个难养啊，不睡觉不说，还整夜大哭，哭声远近闻名。她不得休息，得抱着我满县城转悠我才不哭了。除此之外，我还老生病，一会儿发烧，一会儿咳疾。只要我一发烧，她就跟着发烧，她一发烧，父亲也就跟着发烧，全家人心连心，倒下也是一起的。我很难想象父母那会儿是怎么撑过来的。同样的苦若放现在，两夫妻早吵架吵散了，我可能早成弃儿了吧。我也是由衷地感激父母的养育之恩，若换作我当母亲，我真的不敢保证自己不会把那么难养的孩子给抱去送人了。

　　再往后的日子，我开始记事了。我应该算是记事比较早的孩子。我记得外公、外婆、爷爷、奶奶家的样子，记得外婆家老房子前面，最早是一个猪圈，养着白胖的猪。外婆家隔壁是养兔子的，有很多长毛兔。外婆家还养了很多大大小小的鸡，母鸡还会下蛋。我过过这样一段日子：每天睁开眼，外婆便帮我洗漱，照顾我吃饭。她若不忙，便带我去小卖部逛；她若忙，我便自己在家门口玩。我在猪圈盯着那头傻猪可以看半天，追着母鸡跑又是半天，捡几根草喂喂兔子又是小半天。追着母鸡跑的时候，我还能清楚分辨哪只鸡生气了，哪只鸡无所谓。那会儿父母是双职工，没有时间带我，我就这样在外公、外婆家住一段时间，去舅公家住一段时间，舅舅、舅妈家又住一段时间，二外公、二外婆家住一段时间。由于爸妈心大，自己又天生呆萌，记忆中，大部分亲戚家，我都住过，住到分不清到底谁是我亲妈，管小外婆也叫妈妈。我待过托儿所，上过幼儿园，也还记得一些那个阶段发生的事情。比如，我记得幼儿园里的陈老师，她的儿子很调皮，经常打翻我用积木搭起来的城堡；她的儿子还很不听话，感冒吃药都不乖，得陈老师追着满园子逼。我记得我将父亲每次买给我的早饭都扔进了垃圾桶，因为我实在是咽不下肉馒头。还有很深刻的一段记忆是一个人待在家里的时光。若要问我一人在家怕不怕，那我只能回答，那会儿父母工作真的很忙，也没有亲戚接我走，是没有办法的事情。害怕那就使劲儿哭呗，哭得肝肠寸断，哭到哭不出来，然后就继续玩儿，要不就是哭睡着了，睁眼的时候，爸爸妈妈也就回来了，通常都是这样。习惯了以后，我反而更愿意一个人在家待着，也不想去外公、外婆家，或者其他亲戚家了。一个人在家里，东摸摸，西看看，也不记得自己捣鼓了些什么，反正一天天的，也就这么过去了。再大一点儿，不上幼儿园的日子，我就跟着父母上班去了，一边吃着零食，一边看着大人们工作，从来不会哭闹。回想那会儿，也算是很安定的一个阶段了。父母专注工作，我无忧无虑，身体健康。

　　在我上小学前，我家换了130多平方米的大房子，位居城中心。在这之前，我有印象的，已经换过两次房子了，但母亲说，这是第四次。最早的那次，我可能实在太小，没有印象，是父亲单位的宿舍。房子是一套比一套好，一套比一套大。孟母三迁是典故，我母亲是一位践行者，套用到许多一线城市，就是拼学区房了。念小学时，只知道自己上学的学校历史悠久，是县城最好的学校。而今翻查资料才知道，其前身是创办于清乾隆十六年（1751 年）的书院。当小学生的第一周，每天父亲牵着我的手陪我去，之后父母亲就在我脖子上挂了一把家门钥匙，让我和邻居家一位男孩子一起上下学。如此想来，他倒也是我人生中第一个"护花使者"。不过男孩子就是男孩子，放了学就玩性起，总找不到人。一学期不到，我便已经独自上下学了。对我而言，这真不难，因为我家和学校就只隔一条马路。感恩父母一路撑起的保护伞，从最好的小学开始，就这样，我按部就班，顺风顺水地一直走到了研究生毕业。从 8 岁到 26 岁，整整 18 年的学业生涯，所有的一切，都归功于我的父母，尤其是我的母亲，一个智慧能干的女人。

或许身边有些人了解，我对钱没有什么概念。其实不是没有概念，是没有敏锐的感觉，这是有渊源的，跟我母亲的教育有关系，而且是有绝对分不开的关系。上学后，每天除了课堂时间，还有很多课余时间。课余时间除了做作业，可以和同学朋友一起玩耍。有了和人的接触，就有了话题，相互之间少不了比较物件儿，他有个什么高级玩具，她有件什么漂亮衣服，谁谁谁又买了个什么稀罕文具，等等。我一个刚上小学的天真儿童，会不眼馋？会不羡慕？怎么可能呢？别人有的我都想要好嘛！于是我就回家跟我母亲要这要那。现在细想，觉得母亲曾经的一些做法当真是智慧过人。她不像别的父母那样，对孩子的需求尽力满足，而是灵机一动想出一招，让我把家里一日三餐的碗筷给洗了，每洗一次碗，给五角钱，然后无论我想要什么，自己攒够钱，自己去买吧。老实讲，我还真的特别开心地替家里洗过一阵子碗。洗碗这件事情，不仅不需要怎么动脑子，对年幼的我而言还颇有成就感，再加之有微薄的收入，当时那份喜悦，让我到现在，还对洗碗这件事情有不一样的情怀。

不过，搞笑的是，我洗了一阵子碗，攒了几元钱之后，却想不起来最初想买的是什么了。更为关键的是我口袋里的零花钱和别的孩子口袋里的零花钱来源方式不一样，所以，对于物质的诱惑，我有了非常强的抵抗力，几乎免疫，因为很早就明白了得到需先付出的道理。于是，我越过了同龄孩子哭闹着要东西的阶段。

小学的高年段，也就是五六年级的时候，由于成绩尚可，我进入实验班，就是那种课程比平行班更为多元，教师资源全校最好，受教条件最优，一个班才二十几个同学的班级。在这种班级里念书很有意思，因为都是筛选过的苗子，再加之班级人数偏少，每次考试，全班二十几个人，各科成绩半数以上的同学都是满分，剩余不是满分的，最差也有 95 分。所以，你根本不知道，优秀是个什么概念。当时，我记得我难得喜欢了一件什么东西，想要买，但是我又不想洗碗，洗碗已经是低年级时玩的套路了，于是我和母亲谈判达成协议，用满分成绩来换我想要的东西。我清楚记得，那一学期，20 次数学考试，我考了 16 次满分，凭此我得到了自己想要的东西。这就是母亲对我的特殊教育，让我了解了要得到就要先付出的道理。人想要的，只要能付出相应的努力，理论上，都可以得到。也就是从那时起，我时常会发呆、犯困和恍惚，因为清楚地知道自己想要什么，并不是那么容易的一件事。这个逻辑最矛盾的地方在于，如果你什么都不要，也就相应地，可以什么努力都不做。生命开始进入静止的状态，似乎，这可以是一种永恒的状态。那些励志向上、踌躇满志的人，为了梦想也好，为了理想也好，拼搏努力，是一生；我躲进深山老林，看看星星，赏赏月亮，晒晒太阳，吃吃野果，睡睡觉，也是一生。两者的区别在哪儿？若只论生死，人从生到死分别为起点、终点，似乎众生都一样，真没什么区别。但是若再看细节，还是有些不一样的，励志的人生被人铭记，所做的事情为人所讴歌；隐居的人或许从生到死，就只是一个孤单灵魂的个体事件，终成武侠小说里仙道真人一类。这么一想，我觉得，我还是会选择尽可能励志地过一生，偶尔隐居，毕竟各有各的美好，哪种都不想完全舍弃。可是，新的问题又来了。由于我在课堂上经常表现出发呆、犯困，眼神迷离，当时的小学班主任告知我母亲，我可能生病了，让我母亲带我去医院好好检查检查。现在想来，觉得这也很有意思。如果我在那个年纪，能够表达出我在思考人生，且说出我思考的内容，会不会后来，我就可以不用经常和医生打交道了？可惜我说不出自己在思考的东西，那些胡思乱想也不成体系，只是偶尔在脑海中闪现的想法。

后来念初中了，习惯了实验班环境的我，刚进初中时，还真的是很不习惯。最明显的一点就是教室人太多了，是以前班级的三倍。人多了，就会有窸窸窣窣各种各样的声音，就会觉得很吵。更糟的是，当时的我个头较高，在班级里也算是偏高的，于是我的座位就在教室后排，这让我几乎看不清黑板上老师写了什么，毕竟小学时的班级，撑死了都只有四排同学。我从初中入学考试全校第 56 名（那届一共 14 个班，每班平均60 个学生），班级第 4 名，一下子跌落到班级第 46 名，自尊心受到极大的伤害。小学时的同班同学也都表现出了各种情况不一的不适应症，毕竟每次考试成绩都会反映出问题。一些同学的家长就开始采取措施。比如有的同学，经他们家长和班主任协商后，无视身高问题，座位调前；还有的家长，将自己孩子往老师家里送，请求老师开小灶。我看不清黑板，成绩落了一大截，当时，我多么希望我的母亲也能采取点什么措施，帮帮我。可理念不同，她只要求我身体健康就好了。因为小学班主任的一句提醒，我刚上初中那会儿还在和医生打交道。我很焦急，看不清的视力问题可以配镜解决，那补习班的问题呢？那些周末还去老师家里补课的同学，又都学了些什么？我真的很想了解，很想参与，生怕他们有独门解题大法而我不知道。于是我和母亲提要求，要去任课老师的补习班。别人家是家长操心，哄着孩子去上补习班；我们家是我要去上补习班，父母亲都没什么反应。最后母亲说，让我自己去跟任课老师讲，她会负责替我交补习班的钱。于是我豁出胆儿去跟各主科任课老师讲，让他们允许我参加周末的补习。据后来我母亲回忆，当时有几位老师还被我给镇住了，毕竟，从来都只有家长担心自己孩子学业，而去拜访老师，没有学生自己去要求老师给自己补习的。是我上进吗？我不知道，这个还是留给别人去评价吧。我只知道，我曾经的同学，现在的朋友，都在这么做，那一定有这么做的道理。当时我的学习成绩是一落千丈，需要提高，不管三七二十一，先跟上再说。似乎就是从这一阶段开始，我和母亲之间的关系，出现一些颠倒，我偶尔会比较像一个母亲，她会比较像是个孩子。我们之间拌嘴，会是因为母亲在客厅看电视，我在房间做作业，她那边声音大了，打扰到我学习了，我让她把电视调小声，而她委屈地抿抿嘴。与此同时，我和母亲之间，也开始有了一些误解，当然，主要症结在我。站在她的角度，她也许是认为我长大了，懂事了，自己有主意了，不需要过多操心。而我当时真实的内心是觉得别人的家长都这么替自己孩子考虑，我的父母却对我不管不问，连上个补习班我还得自己出面去和老师讲。我认定父母都不爱我，并且这种想法还越来越强烈地在心中扎根。这是一种很难描述的感觉，有些分裂，一方面我感觉自己不是他们亲生的孩子，仿佛是一个有父母的孤儿；另一方面现实又的的确确与此不符。我知道是我的思想出了问题，可是我无法停止这种想法，也无法和别人交流这些念头。它就像一个心魔，时不时蹿出来一下，没有任何预兆。

初中三年很快就结束了。也许是因为中考的目标明确吧，所有人都在赶，我也一样，但是还是差了一点，就一点点，而这相差的一点点，恰恰是因为一个人的出现——弟弟。初二那年，父母决定要二胎；初三时，弟弟出生。我失去了原本作为独生子女可以享受的中考加分优待。别小看这几分加分，偏偏就是我离重点高中分数线相差的那几分。当时我心情真的非常不好，我记恨于襁褓中的弟弟，时不时有溺死他的恶念，无奈是小弟婴幼儿时颜值实在太高，又太可爱，多看一眼就破功，叫人恨不起来。若他哪一天了解了这一段，估计得感叹："幸亏小时候长得好看，才得以从老姐的魔爪下逃生。"那时我有一个从小学玩到初中的好朋友，她中考分数刚过择校线，开心得不得了。她说她的父母一直担心她中考分数连择校线都到不了，这样父母备好的钱都没处交，现在好了，中考分数达到择校线了，只要交钱就能上重点高中了。人和人真的是没法比，我的中考分数，起码高出她三四十分，但我却一点儿都笑不出来，因为在所有人眼里，这多出的分数，不仅毫无意义可言，还成了笑料。众人皆指责我发挥失常，甚是可惜。记得那些日子，我不曾听见过一句安慰的话。我躺在床上，思索着事物间的联系，为什么弟弟的出生，恰恰影响了我本需要的分值，为什么就会这么巧？问出这种问题，除了让老天爷偷笑之外，我知道，也没什么意义。我若能一口气考全县前 100 名就没那么多事儿了，眼下还有书念，珍惜吧，高中再努力了。好不容易迈过自己心里那道坎儿，父母又联合起来，出了一个很损的招儿，要我自己去借钱上高中。用后来我父母的话讲，他们之所以这么安排，是为了让我能长记性，让我懂得珍惜机会，希望我能明白，一切都来之不易。当然这是父母的说辞，而我一直对此深有怀疑，总觉得，何以至此？

借钱，这又是一次对自尊心极强的挑战。虽然父母都已经联系好，我要做的，只是亲自开口跟阿姨、姨夫讲，但那毕竟是生平头一次借那么多钱，依旧是非常非常难以启齿。我大气儿不敢出，怂着一副皮囊，问阿姨、姨夫借了25000元的择校费。我清楚记得，姨夫将一沓厚厚的钱递到我手里，让我数。我呢，就接过钱，趴在客厅茶几上，惭愧地红着脸数。试问还有谁在物质丰富的年代，在十六七岁，要自己借钱上学的？我想，我应该是同学中的唯一一个。虽然我只管借，不管还，但是那种借钱的感觉，依旧是非常糟糕，估计会成为我这辈子心里都抹不去的阴影。要珍惜高中的学习机会是一个收获，此生决不能轻易问人借钱是我额外学到的一课。

高中按时开学。开学前，每个学生都在签到处和副校长有过简短交谈，我也是。至今仍清楚地记得他问我："你的QQ号里有几个好友？"我脑子有点蒙地看着他，他也盯着我。"8个人。"我弱弱地如实回答，然后他点头示意我签字交钱，我照做。新的学校，新的生活，就在这无厘头的对话中拉开了序幕。

上高中时，由于住校，我和父母之间的距离，渐渐拉开。学校里军事化的管理，大集体的学习生活，高考那清晰的目标，让每一天的生活都伴随着上课铃、下课铃，整齐划一。其他人我不知道，但那三年于我，真的是非常有节奏且叫人安心的一段回忆。现在的我已记不得太多具体的事情，但那份安稳的感觉，却一直铭刻在心。有理想，有目标，有规划，有方法，有老师，有同学，身处一个大集体里，格外地安全、安心和踏实。

高一很快结束，我第一次面对人生比较重大的选择：文理分科,读文还是选理? 这个问题对我而言,着实非常头疼。文科,我地理这关是过的, 成绩很好, 而且我喜欢地理;理科,我物理成绩是好的, 并且我也喜欢物理。总体而言, 我的文科、理科平均成绩相差不过 5 分, 文理单科都在 85 分以上, 我根本不知道该怎么选。只恨当时没有自由组合选择这种制度,比如,每个人都可以选择自己最喜欢的 5 门课学习。挨到周末, 我匆匆赶回家, 和父母商议此事。母亲认为, 女孩子嘛, 选文科读。父亲认为, 文科没什么技术含量, 认识汉字就能读, 应该选理科, 理科比较难。不得不说, 父亲的观点在那时候, 很深地影响了我。是呀, 理科比较难读, 应该选理科, 实在读不好, 理科是可以转文科去的, 但是一旦选择了文科, 是无法转理科班的。而且正如父亲说的, 文科, 认识汉字就能读, 自己课余看看不就好了? 还用专门上课吗? 先难后易, 先苦后甜, 父亲真的好有远见。当机立断, 我选择了理科, 何况, 我还是从 9 岁开始,就梦想要当第二个居里夫人,要拿诺贝尔奖的人。就这样,在一家人神奇的逻辑辨析后, 我成了理科生。我也是后来过了很久才知道, 原来别人家孩子选择文科、理科, 是从未来考大学可选专业的范围是否广泛这一角度出发考虑的。不过, 人生在走完一个阶段后回顾才发现, 我真的不知不觉将父母曾经的一些玩笑话给落实了。比如, 我确实将文科和理科都读了, 而且最后大学学习的还是艺术。

　　作为一个理科背景的艺术生, 坦白讲, 上大学时, 我自己都能感觉到自己和周围的艺术生同学有点儿不太一样。比如,我观察我的室友, 她是一个典型的文科艺术生, 早晨起床, 先喝水, 然后刷牙, 接着穿袜子, 再是套裤子, 后洗脸, 最后套上衣服, 坐到书桌前, 开始化妆打扮。而我通常是起床, 在下床时已经在床上从头到脚换好全部衣服, 然后去洗手间刷牙洗脸,再到书桌前化妆打扮,最后和室友一起收拾书包,出门上课。对比总结,文科生和理科生在起床到出门这段时间内的差别就是做事的条理性。理科生做事会有一定的程序和步骤,这就是学习理科,解决理科问题,训练培养而成的理科生思维。这种思维,会在一定程度上贯彻到日常生活中。文科生就不太一样。想来读文科出领导,也是有一定道理的。文科生似乎不着重强调过程,最后得到的是那个结果就好了。这种思维方式,多么适合当一个掌舵人。

还有一件令我印象颇为深刻的文理艺术生趣事,发生在大一。虽然是艺术生,可大一时依旧需要修文科高等数学。当然,这对我这个理科生来说,实在是小菜一碟,学文科高数,我仿佛开挂了一般。大家都知道我数学很好,因此临近期末考试,我寝室围满了人,基本都是让我帮忙解题的。我非常认真地给同学讲公式和应用方法,推导演算百变不离其宗。那时,我们班最美的几朵花听我讲了一会儿后,纷纷表示,让我停下别讲了,她们听不懂,我只管把老师圈出来会考的题目的解答步骤写出来即可,她们临考前会背下来的。我作为一个理科生,听到这话,眼珠子都差点掉出来,反问:"你们确定?"她们都点点头。于是我解了一道函数题,步骤写得非常详细,再次反问:"这样可以吗?"她们又点点头。送走一批娇艳的花朵后,我在寝室连连感叹,这文科生都是什么记忆力啊?高数函数代数的解题,如果不理解思路,那就是一堆毫无逻辑的数字啊,这都能背下来啊,感情她们那时候都是一批可以上现在《最强大脑》电视节目的人才,让人佩服得五体投地!

也许是受了文科生和艺术生的影响及熏陶,大学四年,我感觉自己的记忆力也变好了。大四考研时,我花三个月时间,一个人在寝室里,大概背下了 12 本书。背完后深深觉得,将

罗岛

一份高数试卷不加理解地从第一个数字背到最后一个数字，或许还真的是可能的。但我个人经验，记忆还得是从理解入手才会比较容易。英语在积累，政治在热点，专业课因专业不同而方法不同。我当年需要考的艺术基础和艺术综合很大一部分是考艺术八大门类的作品、年代、赏析、背景、理解等，认真仔细梳理，用心记忆，倒也不难。过一次研究生考试，可以影响一辈子，也是后来没有想到的。每一次到纽约，去大都会博物馆的时候，看着那些曾经在教材上仔细研究过的艺术画作、工艺器皿真实地摆在眼前，就兴奋激动得不能自已。偶尔有朋友一起前往参观，我大体还能担当个半吊子的中文解说员。

看吧，30 年的人生阅历，认真回顾，残剩的记忆大体都在单纯的校园里，安静且美好。过往自然也有伤心，有不易，有纠结，有迷茫，但是，那些在记忆里都混沌不清了。和父母、朋友发生过的争执、吵过的架，也想不清由头是什么，为什么而吵了，只记得吵过。既然想不起来了，那就过去吧，封存进记忆最深处吧。不知道是不是年龄赐予的特权，遗忘的速度变得越来越快，今儿看过的电影，过几天就想不起情节了；明儿约见人的时间，如不加个闹铃提醒，睡个觉就忘记了。是初老症状吗？不清楚。只觉得，脑容量有限，需要都用来装美好的记忆，不够美好的，就删除。我盼望着，我还盼着，有朝一日，又回到校园，延续那安静美好、书香满溢的日子。

12000米高度的思考

你们喜欢看动物世界吗？我指的是现在这个年龄段。不知从什么时候开始，我喜欢看动物世界了。我问过身边一个在剑桥攻读社科博士的同学是否喜欢看动物世界，她说只在小时候看过。我认为，她这博士，还没有读明白。当然，说别人不明白，也有可能是我自己不明白，毕竟评价别人也能映射出自己。

在这次飞往纽约的航班上，我邻座坐着一位优雅的先生，他看起来有些年岁，但气质不凡。他头上绑了一块时尚的红色头巾，瘦削的脸庞在昏暗的机舱里，看起来很像丢勒的自画像。他穿着灰色圆领 T 恤，搭配很多口袋的工装裤。清瘦、淡定、冷峻、平静。我很喜欢这种能安静如雕塑一般坐着，不苟言笑，也没有什么多余动作的人，无论男女。瞄了几眼，他一直那么平静地坐着，仿佛周围不存在任何生物。无论他是故意的，还是无意的，不得不说，这样的人让我很有兴趣搭个话。

飞机进入离地面约 1.2 万米的平流层稳定下来后，空姐开始在机舱内发放食物。夜班机，我选择的座位靠窗，空姐传递食物给我不是很方便，于是这位先生帮忙传递。我道了一声"谢谢"，然后自然地问出了第一个问题："你是艺术家吗？"他有点愣，明亮的眼睛眨了又眨，反问："你怎么知道的？难道你也是艺术家？"看着他略微吃惊的样子，我笑了："猜的。我以前做过一些艺术家的专访，和艺术家打过交道，艺术工作者这一群体有着一些自己的特点。""哦？"他端了一下自己的餐盘，侧转身体开始朝向我。见他也有兴趣，我便继续往下讲："艺术家通常有着不食人间烟火的高冷气质，因为他们多和艺术作品打交道。艺术作品本没有生命，但在艺术家眼里都是有生命的，那是艺术家本身的情绪和思想赋予作品的。艺术家能望着一幅画，望出活灵活现的生气来；艺术家望着生动的生活，又能构思出艺术作品来，这种日常习惯，会让艺术家表现出来的行为和常人有点不一样，多半要比常人淡定、从容、冷峻、平静，因为脑海里有思考和构思，心里有感悟。我猜你是艺术家，主要也是因为你从上飞机到现在，一直都异于常人的平静和淡定，气质又比较独特，坐着像尊雕塑，看你装扮，你应该是个画家吧。"这回轮到他笑了，他一边笑一边摇头，说："你很聪明，我是艺术家，但我不是画家。我是摄影师。""那还不都是视觉艺术领域，一样一样。"扮福尔摩斯失败，我硬生生挖出个概念，自己给自己铺台阶下。想想也是，工装裤那么多口袋，在拍照时用来放摄影道具、电池、小配件什么的，确实要比外出采风时插各式画笔合理许多。

　　餐后，机舱又渐渐恢复昏暗和平静，有人开始带上眼罩睡觉，有人拿着遥控手柄借助娱乐设施消磨时间。我毫无睡意，时而看着窗外漆黑一片发发呆，时而看看身边唯一的活物——那位艺术家先生。我想他应该是能感觉到的，但他似乎并不介意我对他的打量，旁若无人地摆弄着他的电子屏幕。他那一脸的淡然，当真不多见。机舱内温度有些低，我略感寒意，将毛毯打开，从脖子盖到脚踝，双手也缩进毛毯内，就留一个脑袋在外面，眼睛继续打量那位艺术家。他似乎也没有睡意，也不觉得冷，没有打开的毛毯就当靠垫垫在腰部。座椅倾斜到最大程度，他的姿势要比常人端正些，看得出这是一个感知力很高的人。如果这架飞机此时遇上什么危险，他的反应应该会比常人迅速许多。他拿着遥控手柄，一个频道一个频道切换着，每个频道大概逗留三五分钟，每部电影，大概看不到十分钟，然后切换另一部。国际航班上的消遣项目自然非常有限，杂志、报纸，剩余全部几乎就在那一台多媒体设备里，其中，电影、电视、音乐是最大众的消遣，可那又如何呢？百来部影片，没有一部能让眼前这位艺术家先生看上超过十分钟的。这让我想起自己在家里看电视的情景。

　　我小时候，还是看那种凸面屏幕、晶体管显示、用旋钮调频道的黑白老电视的。那会儿没什么频道，却傻到在没有节目的时候，盯着电视屏幕的雪花点也可以看半天。后来家里换了彩色电视机，频道多了三五个，一个人待在家里的日子，电视机按着上班时间工作，不到父母勒令关闭，感觉可以一直津津有味地看下去，上午《奥特曼》，下午《猫和老鼠》。再后来，电视机越换越大，频道越来越多，钟爱的节目也有不少，每天按着节目时间点收看，持续了很多年。高中后，不看电视了。大学，开始有电脑了。电脑的存在，让曾经的看电视变成了追剧。在周边同学、朋友的推荐影响下，我还是看了不少电影和剧集的。再后来，搬新家、买家电，发现这电视机已经进化得和电脑差不多了。这家里的电视机，类似电脑的显示屏，只不过尺寸大了许多。电视机里，几百个频道，电视栏目琳琅满目，画面质量是蓝光4K，若还不满足，就随性点播，想看什么就有什么，24小时可以不间断，还可以消除广告。可结果是，一周打开电视机的次数都不多了。为什么呢？年纪大了？兴趣变了？好奇心消失了？偶尔有朋友来家里做客，开电视成了寻找话题、化解尴尬、制造气氛的工具。一边看一边和朋友一起吐槽，电影看了十分钟，能猜到结尾。真人秀不知所云，比如，那档很火的《跑男》，帅哥、靓女打打闹闹想表示个啥？歌唱综艺导师加选手，总而言之，看似繁花似锦，实则大同小异。朋友一走，关闭电视。看电视的过程，最辛苦的要属那不停按遥控器的手。我问过身边的朋友："为什么那么多节目，却依旧没啥可看？"朋友说："太熟悉节目套路了。"

　　身旁的艺术家先生，还在保持着一定的换节目频率。他倒也没有不耐烦的神色，很平静地对每个感兴趣的节目浏览几分钟。我继续盯了一会儿，渐渐睡去。再次醒来，可能已经是两三个小时后了。我眯着眼，感受着他多媒体设备上的屏幕亮光。艺术家还真都是不容易犯困的夜猫子。我调整了一下发麻的身体，呼叫空乘要了杯果汁，然后继续呆坐，窗外依旧一片黑暗。这漫漫长途飞行，除了转动转动眼睛，还能干吗呢？我又瞟向身旁的艺术家先生，他在看 BBC 的纪录片《荒野间谍》（*Spy in the Wild*），这是一部类似咱们国家中央电视台常播的《动物世界》的纪录片，主要演员都是野生动物。有意思的是，我身边这位艺术家先生不换台了，他双手交叉在胸前，津津有味地微微伸着脖子看着。我突然觉得身旁这一景象很有趣，当所有大众娱乐节目变得索然无味时，大自然成了最有趣味的精神领地。

　　"你也喜欢看动物世界？"我问他。"嗯，挺有意思的。"他一边回答一边点头，"你也喜欢？""是的，看动物世界比较能看到这个世界的本质。"我回答。他再次将身体轻微转向我，略带兴趣地问道："你很有研究？"我说："没有研究，我只是觉得，人也是动物，看动物世界，能看到非常真实的人类世界。"

他似乎没有理解我的话，眼睛略微睁大了些，表情有些疑惑地期待着我继续说点什么。"比较难解释。"我敷衍了一下，不打算说太多。他倒也没有追问，点点头继续看他的《荒野间谍》。

为什么说看动物世界比较能看见人类世界的本质？其实还是因为相似。记得我看过的动物世界里，有太多太多的片段，让我觉得那都是人类社会的缩影。比如，那年年进行大迁徙的非洲牛羚，每到旱季，便成群结队浩浩荡荡为了鲜嫩的草进行迁徙，这跟人类不像吗？中国地图上，那么多城市，可人都在一拨一拨地往资源丰富且多元的北上广及沿海地区聚集。美国也一样，那么广阔的领土，东西沿海城市的灯火最明亮。假设把世界上所有的陆地按人口平均分配，每个人都随机站立在自己的土地上，最后，依旧会是相同的局面——人都迁徙去了那些沿海的、有干净水源的、有肥沃土壤的、环境气候宜人的地方，因为人和动物一样，生存下去是最本质的诉求。

在一个群体里，比如狼群里，一定会有一头领头狼，也就是领导。这跟人类社会不也一样？村里有村主任，县里有县长，市里有市长，省里有省长，到国家层面，有总统，有国王。狼群有着极为严格的等级制度，责任分配；人类一样有着法律、政策、责任和义务。狼群里的领导之所以成为领导，是因为其强壮，其头狼地位是实打实肉搏而来的。成王败寇，胜者为领袖。如此想来，什么叫命运？命运就是天生的体魄、筋骨、相貌，也就是先天的基因。那头瘦不拉几、个头迷你的狼，就不要去挑战强壮威猛的狼，它不可能有胜算。但那头瘦不拉几、个头迷你的狼，可以去欺负欺负小羊，因为它越过了种族的边界，且与羊相比处在食物链上层，胜算很大。相比而言，人类社会就更为复杂一些。我若先天没你相貌好，还可以后天训练体能好；我若先天没你智力好，还可以后天培养情商高。因为人可以开发的属性很多，所以，人有逆转翻盘的可能。动物世界里的争斗，和人类社会中的竞争类似，只是采用的手段、方式、方法不同。当然，除了竞争，还有合作。狼群里会有负责照顾幼狼的，负责站岗放哨预防天敌的，生存的本能让狼群里所有的狼自觉履行自己的责任和义务。一样，人类社会里，也有不同的分工，大家协作配合，提高效率，一起解决各种各样的问题。比如，世界上的好地方就那么几块，如果人类都往这些地方涌，那面积肯定不够。没问题，咱造高楼。当这个城市饱和到不能再饱和了，怎么办？去观察那群为了鲜草而迁徙的牛、羊、马，当一片地区的鲜草吃完时，它们都做什么？是不是会开启生物与生俱来的生存导航，寻觅新的草场和水源？同样，不要以为人穿了衣服，有了思想就真的成了万能的神，人还是动物，当城市饱和到不能再饱和了，生存的本能会让人自动开始寻觅新的家园、新的出路、新的方式。人类作为地球上的高级物种，理论上来说，是可以过得比任何物种都快乐舒服的，因为人不像动物，生存还受到食物链更高层物种的威胁。可是为什么地球上烦恼最多、忧虑最多，甚至爆发战乱最多的物种反而是人呢？

忽然想到，作为一个中国人，还有一点和动物密切相关——生肖。最早记载与现代相同的十二生肖传世文献是东汉王充的《论衡》。十二生肖是十二地支（即：子丑寅卯辰巳午未申酉戌亥）的形象化代表。关于十二生肖的文化起源，至今没有定论。我读研时，就很好奇：为什么会有十二生肖？谁提出的？为什么就是那十二种动物？难道是为了给人群分类？让混沌的世界变得更有章法？除此之外，我推理不出更为科学合理的解释了。不过有一点是显然的，那时的古人是崇拜动物的。

李易峰和周冬雨主演了一部电影叫《动物世界》，上映那会儿也因觉得片名很有意思而去观看了。时隔许久，大概只记得李易峰主演的郑开司因被朋友欺骗，而被迫上了一艘游轮，在命运号游轮上，玩一场可能一夜功成名就，也可能一局一命呜呼的游戏。游轮上的其他对手毫无底线地欺诈、争夺、算计，让一场表面看起来公证的游戏变成了一个人吃人的血腥屠宰场。有一幕印象非常深刻，游戏桌两端，郑开司识破对手的诡计，对手的嘴脸在他眼里变成一头巨丑无比的野兽。我认为这种表达方式很艺术化，让人能够感同身受。很难描述那种感觉，只是那一刻，我意识到，人和动物有时候可能真的只是一线之差，为了不越过那条底线，人得有一点精气神，得有所克制。

神游出万里，直到飞机颠簸了一阵，我的思绪才算停住，心神也开始回归到当下。邻座的艺术家先生还在看野生动物的故事，我问他："这猩猩猴子的，就这么好看？"他笑了笑说："很有启发。"我也情不自禁地笑了，然后戴上眼罩继续睡觉。或许，这就是生而为人的优越感吧，妙不可言。

睡神附体

人为什么要吃饭？因为人需要能量活着。为了确保人能活着，能量的摄取方式有很多，不一定非得是吃饭，注射营养点滴也行，只是靠吃获取能量最为常规和方便。所以，曾经碰上一些什么搞灵修、"煲"心灵鸡汤的人，说什么当你没有能量时，就去帮助那些需要帮助的人，从他们身上获取能量。我个人是一点都不信这种观点。穷则独善其身，达则兼济天下，自己没有能量时，就应该韬光养晦，强大自己，自己强大了才有能力守护其他人。自己都没有能量了，还帮助别人，这不是痴人说梦嘛。放眼每天的生活，从最微观的角度来说，我以为不过就是每天都吃饱睡好，保持精力和能量充沛，然后看看自己能为身边人做点什么才是正道。毕竟帮助别人，可以获得成就感、存在感，有时候还能获得一些关注度。助人为乐嘛，帮一下别人，其实是乐呵了自己。或许，人到了一定阶段是会需要这些能量的。

吃饭睡觉，都是最平常的事情，但是睡觉却要比吃饭难理解得多。人为什么要睡觉呢？我觉得这个问题实在是太有趣了，当然，跟这个问题较上劲，主要还是因为自己睡眠习惯比较差。

科学观点认为人要睡觉是一种生理反应，是大脑神经活动的一部分，是大脑皮质内神经细胞继持续兴奋之后产生抑制的结果。当抑制作用在大脑皮质内占优势的时候，人就要睡觉了。抑制作用就好像是免疫作用一样，是为了保护神经细胞，以便让它们重新兴奋，让人继续工作。所以，普遍地，大众都倾向认为人要睡觉是为了缓解疲劳，补充体力，恢复元气。若有人可以做到像机器人一样，在规定的时间起床，在规定的时间入睡，每一天都非常有规律，并且还是自然而然地进行，我认为，拥有这样作息习惯的人，做什么都会成功，且会有大作为。道理似乎都明了，可真要做到这样，还真的是很不容易。由于短期旅居在纽约，既没有打扰自己的人，也没有特别要紧的事，所以，我决定放飞自我和释放天性，将所有的规矩、讲究、常识都扔到脑后，彻底回归到原始野生的状态看看。据说，在17世纪末，有一个特别会睡觉的人，名叫塞缪尔·希尔顿，他身体健壮，也不肥胖。1694年5月13日，塞缪尔一觉睡了一整个星期，周围的人，无论用什么方法，都不能唤醒他。1695年4月9日，塞缪尔又大睡起来。这一觉，他睡了17个星期，到8月7日才醒过来。与此相反，世界上也有一些人，睡眠时间少得出奇。美国《科学文摘》杂志记载了一个每天只睡两小时的人，名叫列奥波德·波林。除开两小时的睡眠时间外，列奥波德每天正常工作10小时，且精力充沛，毫无疲劳感。睡觉的两小时也非辗转反侧，难以入眠，而是自然入睡，睡眠香甜。睡觉的状态，能到这两个极端，其实都挺不错的。前者一觉就轻轻松松打发了4个月时间；后者呢，一辈子又不知比普通人多出多少工作时间。

虽然家里长辈都告诉我，我小时候是真闹腾，特别会哭，哭闹声远近闻名，夜里也是整宿整宿不睡觉，需要人抱着到处晃悠才能安静。但我印象中的自己是不哭闹的，而且我也很乖很能睡，并且是越长大越能睡。从正式开始上小学起，我感觉自己很缺觉，睡不够；到初中，很偶然的，会有睡到九、十点才匆匆去学校上课的情况；到高中，我已经开始时不时需要喝咖啡提神了。当然，寒暑假没有什么学业压力，我自然是生龙活虎的。最佩服的是在我念高中时，睡我上铺的那位女同学。学校实行军事化管理，天天五点半就要起床，已经够惨了，她却还能在夜晚九点半校园熄灯铃响后，继续躲被窝里打手电筒看书学习、做习题。睡不够这一情况，直到我上大学后才开始改变。大学的选修课制度，让课程安排变得自主很多。所以，能下午和晚上修的课，就尽量选下午和晚上，早上的时间，能多睡一分钟也是好的。

人生第一次体验到很多天不需要睡觉也还没大碍的时候，是读研阶段了。其实我是一个自己一个人看看书心情就会嗨的人，但是当时周边的同学都在忙着实习、找工作，无形之中，就形成了一种对我而言特别有压力的氛围。我越来越定不下心，不得不放下书，看看身边的同学，我不知道自己和他们相差了几个世纪。读研期间的两位室友，都已经有过工作经验，换句话说，她们相比我而言要成熟很多，对于自己要什么也比我清晰得多。她们都早早准备了简历，和一些工作平台保持着密切联系。志向更大的同学参加各种比赛竞赛，以争得一些名声和机会，为履历镀金；也有不少去高端平台长期实习，然后通过实习学习期间积攒的经验和资源，等待招考机会，以这种方式扎根平台。那我呢？我该何去何从呢？我是为什么要来读研的？我的未来要怎么走？这些问题让我一下子陷入茫然的状态。那会儿的我对明天毫无规划，而待在校园里的时间又似乎能望到头了，一种莫名的空洞感在我的内心蔓延开。赶巧，我的两位室友是同一个导师，他们导师组织集体出去短途旅行看日出了，于是，寝室就剩我一个人，渐渐从迷茫进入到冥想的状态。我不知道自己在书桌前坐了多久，从天亮到天黑，感觉身体发凉，于是我又爬上床平躺着，掩上被子继续发愣。我能意识到黑夜又被白天替换，但是我始终没有起床的意念，脑海里特别乱，有太多太多的为什么。再后来，我也不知道是天又黑了，还是我失去视觉了，我处在漆黑一片又安静得出奇的地方。或许，我那会儿连听觉都已经失去了吧。我住的寝室朝向大马路，车来车往，喧嚣声哪怕在夜晚也还是有的，只是那时，我感知不到。"为什么？为什么？为什么？人生为什么是这样子的？"这个问题在脑海里不停打转，即便躺着，我依旧感觉有些晕眩。身体开始时而感觉下坠，时而感觉飘荡，觉得很冷，不是很舒服，神经有些紧张。我渐渐放弃意识里的抵抗，任这些感觉肆意流淌，就在我放弃的那一瞬间，视野里出现了浩瀚星辰、漫天星空，还浮现出了爸爸妈妈和弟弟的笑脸。他们仨那笑脸，让我开始感觉到力量，有很多力量在向我的身体汇聚。我渐渐看清了寝室的天花板，感觉到亮光，重新听见马路上的喧嚣。我想爬下床找水喝，却无法控制自己的身体。脖子，脖子抬不起；双手，双手似乎不存在；腿，我竟感知不到。那一刻我有点慌，难道是我躺太久了，身体僵硬？受冷中风？大脑故障？帕金森？一连串儿的词儿在飞速闪过，以寻求合理解释。许久，双手是最先找回感觉的，然后我连忙用手撑起自己，在床上坐着，两只手不停轮换地捏自己的手臂、大腿。起先真的毫无感觉，我很使劲地捏自己，终于，痛感渐渐回来了。我花了很久爬下床，找到水杯，"咕嘟咕嘟"地喝，细细感受着水流过咽喉，流过食管，流进肠胃。到这会儿，我已经将近三天多没有合眼了，当然，也是滴水未进。我冲了个澡，换了身衣服，跟个没事儿人一样出门觅食。

往后，和一些人说起过自己这段，因为身边几乎没有人和我有过相同经历，听者也大抵都认为我可能是睡糊涂了，也有人认为我当时很危险，已经出现不好的征兆了。后来我根据其他一些文章的描述、对比和参照，觉得自己应该是属于思考过于专注了。作罢，就这样吧，反正现在还活着，那就继续活下去吧，其他不重要了。后来，室友回来了，她们不知道在她们离开期间，我都不曾合过眼。她们回来的那晚，我睡得还是挺好的。原来睡眠质量还和一个人内心的安全感有关。我当时的情况就属于没有合适的工作，没有合适的恋人，离家人又很远，碰上的导师又像个孩子。多年后的今天，我依旧一切清零，除了自由，也是一无所有，但和过往不同的是，现在的我感觉很享受，觉得无比快乐，还有轻松。不知这算不算是内心境界提升了。

那是我人生中最长一次不吃、不喝、不睡，往后的经历中，再也没有做到过如此。现在是一晚没有睡好，第二天就大脑呆滞，双脚打飘儿。咖啡是我日常生活的最好朋友。反思我是怎么日渐进化成"一头猪"的呢？前思后想，貌似就是个心态问题。

纽约是一个沿海的城市，空气含氧量很高，所以待在这里有心旷神怡、心情舒畅的感觉。我很荣幸地，在这座具有魔力的城市，患上了嗜睡症。朋友都说，纽约那么多活动、展览、聚会、讲座，千万不能躺着，挨个儿逛过去才够本儿。初来乍到，可能是会这么觉得，可我已经不是第一次来纽约了，啥活动我都不感兴趣，而且这次根本连归期都很随意，先让我睡够再说，我醉氧很严重。本以为只是一个阶段，但后来发现，肆意妄为的边界和底线也是危险的边缘。

在国内，我们家是睡棕垫的，印象中，这是一辈一辈遗传下来的习惯。棕垫有个好处，便是软硬适中，透水透气，平躺在上面，人体筋骨能得到充分舒展。纽约这边睡觉的床垫，无论是酒店里，还是临时租住的公寓里，大部分都是弹簧床垫。对于睡惯棕垫的我来说，弹簧床垫实在是太软了，躺在上面，我感觉自己像是一只元宝，腰臀部位是塌陷状态。不过，既然出远门在外，也就不讲究这么多了。连续的长途飞行，搬运行李，安家落户，卫生打扫，已经让我连躺在地板上都能睡着了。将一切都收拾到最舒服的状态之后，拉上百叶窗，手机静音，关灯，睡觉。

这一觉，真的睡了好久好久，没有梦，没有干扰，睡眠质量足够好。醒来时，已分不清白天黑夜，几月几号，几时几分。定了定神，听见胃在呼唤，便起床去厨房做吃的。大脑告诉自己，吃完东西，去附近街区转一转；身体告诉自己，吃饱喝足，还是疲惫，睡意浓厚，去床上再躺会儿。我就定在厨房里，任大脑和身体打架。它们斗争了好一会儿，大脑还是败给了身体，放弃抵抗，算了，回房间继续睡吧。毛衫一脱，我又爬进了被窝，连钟爱的手机都懒得瞧一眼，继续睡觉。这一觉，比第一觉短，但是依然睡了很久。

原以为身体是自然界最智能的存在，现在想来，并不是。就睡觉这件事，我原以为，它疲惫了，只要得到足够的休息，就会重新能量满满，但事实打脸，它并不懂知足。我一连几天的睡眠，没有换来精力充沛，相反地，我头脑昏沉，四肢沉重不堪，连抬起都困难。我躺着，感觉自己在一点一点地分解，死神在忽远忽近地召唤。原来，彻底失去睡眠和彻底陷入睡眠，所导致的结果是那么相似。所有的极致、极端，都有一定的危险性。我想，平衡才是一个人毕生要去追寻的点。

我决心做自己身体的主人，当我非常严厉地下达命令到我的身体时，它终于肯起床了。给自己冲了杯咖啡，然后坐到书桌前，开始规划接下来的日子。看起来，我似乎是要严以律己，认真执行自己的计划了，但是实操也只是比最初的昏睡在床好一点点。我依旧需要很努力地进行自我沟通。常人很难想象和感受，当一个人彻底被放逐时，是那么容易变成孤魂野鬼，虽在地表，却感觉被扔出了星际之外。庆幸的是，此刻，只是睡神附体，而不是死神眷恋。关于睡神和死神，倒是可以捎带介绍一下。在古希腊神话中，睡神修谱诺斯和死神塔纳托斯其实是孪生兄弟，他们的母亲是黑夜女神尼克斯。睡神和死神生活于冥界。每当母亲尼克斯令世界进入黑暗之时，睡神就会吩咐从者到大地上诱使人类进入睡眠。睡神与其无情的兄弟死神相比，修谱诺斯的性格要温柔许多，他往往在人死亡之际，给予其恒久的睡眠。只要睡神以其神力诱使人类，人类便能入睡，而他的这种催眠之力，是人神皆不能相拒的。睡神修谱诺斯不过是人类"睡眠"行为的人格化象征，但睡眠作为人体自身的一种本能行为，对抗起来实属不易。换句话讲，此刻，我没有任何敌人，要做的就是战胜自己。

咖啡、浓茶的效用已经是微乎其微了，那运动呢？运动可以提升人体的肾上腺素含量，并产生多巴胺。要不试试？于是我换了衣服去跑步。结果，跑步回来，冲了个澡后，难挡睡意，我又爬上床，一觉睡到隔天。小半月纠结下来，总结得出：我一天需要的睡眠时间接近 20 小时，午后 2 点至 6 点这一时间段，是感觉最清醒的时段。哎，我深深叹了一口气，这一关克服不过去，接下来别说是工作、学习了，连游玩都会成问题。我静坐着反思，为何那么容易困倦？是疾病，还是缺少新鲜事物的刺激？我努力回忆自己不犯困的时候，都是哪些场景：和有趣的朋友在一起的时候，逛街、逛博物馆、逛公园的时候，有个竞争对手的时候，有个喜欢的东西、人或事的时候，有个棘手任务的时候，有一点点生活压力的时候……差不多就是这样吧。我梳理出所有让自己精神抖擞、不犯困的场景，然后尽可能尝试让自己进入这些场景，以此尽量让自己的时间不在睡梦中虚度。

旅居纽约的这段日子，每天的生活成本很高，收入为零，其实压力是很大的。纽约到处是各种前沿思想和艺术活动，已经是全世界最具活力的城市了。可是，我依旧成了起床困难户。光是看看，参观参观，听取听取，似乎不足以支撑我的眼皮抬起来。我还想要创造，想要参与，想要做些什么，但我又不知道该如何实现。我慵懒得如同一只考拉，只剩内心还有一丝丝声音在呐喊：醒醒，醒醒，还不能睡着，还没到 80 岁呢。

为了早点起床，为了缩短睡眠的时间，我开始效仿朋友圈里一些热爱运动的人的做法，把目标立出来，给所有人看，然后怀揣着不达目标，就可能失信于所有人的风险，坚持早起，深感自己也真是够拼了。不过，这波操作实行的第一天，就出了神闹剧。

纽约时间 3 月 26 日晚 20 点 14 分，我发了一条朋友圈，保证第二天早上 7 点 30 分起床。我在手机上设置了起床闹铃，然后衣服一脱，得了无骨症一般瘫倒在床上，开始呼呼大睡。第二天 7 点 30 分，我在手机闹铃疯狂夺命的叫器中，按时醒来。出于信守承诺，我按时起床了，为了证明自己按时起床了，我还发了一条朋友圈：早上好。然后开始神情呆滞。许久，我想起，冲个澡吧，再去吃个早饭吧，然后查一查纽约的时尚艺术活动信息，找找有没有什么新鲜事儿。不错，就这样吧。洗洗刷刷瓶瓶罐罐，然后捯饬自己半天，出门咯，"咣"关上门，发现家门钥匙没带。

寒风过,树叶落,我站在家门口良久,活像一个微信表情包。我深叹一口气,哭笑不得。所以,结论是,嗜睡的黑夜精灵是没必要早起的,因为早起了,智商也不在线,平添一堆麻烦。

平复了一下心情之后,我放下手包,掏出一张没什么大用的某商场会员卡,开始撬家门。好在,我在纽约租住的房子,门锁不是很高级,就是那种最简单的,锁舌是一个斜面的锁,以撬坏一张会员卡的代价,把房门锁给打开了。重新走进房间,找到钥匙,揣在手心。此刻,我真感谢我亲爱的弟弟,因为我撬门的技术就是跟他学的。在中国的发达城市,已经很少用钥匙开门了,门锁不是指纹的,就是密码的。我父母在老家的排屋,门锁也早已换成指纹锁了,不过院大门的锁,还是需要用钥匙开的那种。我弟也是忘性很大的人,记得带钥匙对他而言,应该也算是一件很具压力的事情。所以,为了不弄丢钥匙,他几乎不带钥匙,进出也没有关门的习惯。如果遇见被关院门外的情况,那就用他的学生卡"刷卡进入"(撬门进入)。我就是这样跟我弟学的撬门技术,没想到在美国还派上用场了,真是技多不压身,关键时刻显神通。

我在想,如果换作其他人,被关家门外,该怎么办呢?打电话找开锁公司?打电话找房东?打电话找警察?总之,应该是拨打电话寻求帮助这样的逻辑吧。我不太有这样的逻辑,最先想到的,会是自己怎么去解决问题,穷极了自己的能力之后,没有办法,才会去寻求帮助。我一直单身,会不会跟这也有关系?记得我看过湖南卫视一档真人秀栏目《我家那闺女》,有一期是闺女吴昕和她的朋友吃着火锅聊着天。她朋友说,女生啊,要适当地学会示弱,你每消失一项技能,别人就多一个爱你的机会。这话很有意思,理论上,也很说得通。可转念想想,又觉得爱情是偶然碰撞出来的火花,没办法事先设想好,为了给别人一个展示的机会，然后自己不学无术，这没道理啊。所以，我觉得，吴昕该怎么样还是怎么样，吴昕那些已婚朋友的建议和经验，也就只是一些声音而已。换到我自己身上，我若能有变强的机会，那是绝对不会示弱的，示弱给谁看呢？再结合在纽约被关家门外这件小事，我自己能开锁，问题都不是问题了；如果我不会开锁，我就需要打电话，需要等候朋友或者房东或者警察到来，有备用钥匙更好，没有备用钥匙，就得用专业工具撬门、撬锁或者撬窗，浪费大量人力、物力、财力不说，还浪费时间，即便不浪费任何人的时间、物力、财力，大家都特别喜欢帮助我，我还要在户外寒风中瑟瑟发抖等待救援。由此可见，自己有能力去解决生活中方方面面的问题，造福的其实不是别人，而是自己。

往后的一段日子，我放弃与自己的睡眠时间纠结了。作息时间表依旧像模像样地挂在床头，至于我能做到几成，还是顺其自然吧。这次是被关家门外，还是小事，谁知道下次又会发生什么呢？万一一个智商掉线，把全部证件弄丢了呢？那还不如在家睡觉安稳，嗨，睡神附体，那就附体吧，饶过自己，算了。

流浪圣地——纽约

我为什么会来纽约？搞笑一点的解释可能是上辈子我是这里的人。谁让我家人总抱怨我从小晚上就不消停，不爱睡觉，婴儿时就在中国过美国时间。实际些的解释可能是由于我没有按人生计划实现留学美国这一目标，所以，心里有一份未完成的遗憾吧。更为大格局的解释那还是这个城市本身的吸引力吧，环境、气候、人文等方面，尤其是这里的人文。为什么全世界的人都爱往这座城市跑？到底是因为全世界的人往这里跑了以后，这里才形成今天的氛围，还是因为这里有着别样的氛围，才使得全世界的人都爱往这里跑？答案似乎非常模糊，若要弄明白，可能得去纽约这座城的历史里寻觅线索。而在众多线索中，位于纽约海港内自由岛上的自由女神像是很值得揣摩的。

纽约这座城市的人文环境，乃至整个美国的文化，我觉得都与那座自由女神像（Statue of Liberty）分不开。自由女神像是法国著名雕塑家巴托尔迪设计制作的，由法国于 1876 年作为美国独立 100 周年的纪念礼物赠予美国。女神身着古希腊风格服装，所带头冠有七道尖芒，象征七大洲和四大洋。她右手高举象征自由的火炬，左手捧着的是 1776 年 7 月 4 日宣告的

纽约

《独立宣言》。脚下，是打碎的手铐、脚镣和锁链，其象征意义不言而喻：挣脱约束，重归自由。这座耸立在哈德逊河口的自由女神像，永远在无声却有力地表达着美国人民争取民主、向往自由的崇高理想。我想这也许就是纽约这座城市让人觉得充满魔力和魅力的重要原因。论环境、论气候，比纽约好的地方实在太多，为什么就没有纽约那么有名，令人趋之若鹜呢？关键还是这个城市建立起了一流的、多元的文化世界。

　　我知道有很多世界各地的艺术家、作家、明星、银行家都很喜欢跑纽约，我暂时不是以上任何一类，但我也非常喜欢跑纽约这个城市。宏观来讲，这里的环境和气候，并没有比我生活的城市高出多少。我生活的城市——中国杭州，那可是出了名的文化古都，温婉秀丽，优哉闲适。再加之杭州这些年的经济建设快速发展，城市面貌全面提升，生活水平完全不亚于北上广。虽然北上广的 GDP 很高，但那只是一面，其百姓面临的生活压力也是全中国最大的。再比如，杭州城市机动车十几年如一日地礼让行人；率先实现全城智能支付；杭州市到处是地标建筑、现代化写字楼；城中城外山山水水环绕，真是"上有天堂，下有苏杭"。哪一点比纽约差了？若有人实在不认同，那杭州的城区面积还不知有多少个纽约呢。可是，我依旧被神秘力量牵引，再次来到了纽约。这一次旅居在纽约，我花了很多时间去思考这个城市，感受自己时而强烈时而微弱的心声。

纽约对我有吸引力首先应该是出于它离我遥远，它有很多我还不清楚的地方。除了在北京念硕士的两年多时间，我差不多断断续续已经在杭州生活了将近十年，我了解这座城，熟悉这方人。而纽约不一样，它在地球另一端，那里有各色人种，说着多种语言，每个人都可能带给你未曾听闻的故事。在这里，我对所有有过交流和接触的人都有立体丰富的认识，而我在国内很难做到如此，我分辨不出人与人的差别。为什么这么说？我相信会有人和我有同感，就是当人成长到一定阶段后，看同一个地区，或者说同一个圈子的人，会看穿。这种能力，可能是源于熟悉。我已经忘记是从何时开始拥有这个能力的，唯一能确信的是，我已经被这种能力困扰许久了。很多东西，我认为看不见是比较好的，可我不仅看得见，还能看得透，由此便需要装聋作哑，或者装疯卖傻。心大的人可以"哈哈哈哈"过去，像我这种心小的普通人，就只能躲进小楼成一统，管他冬夏与春秋。在家时，我母亲总是狠狠批评我没有耐心，不等人把话说完，便听不下去了。可关键在于虽然我没有听别人把话讲完，但是我已经知道对方要说什么了。我可以选择继续装作倾听，也可以选择打断对方，或者选择唱个歌、鼓个掌，另起个话题。我通常会放松自己让本能来做选择，毕竟，你装的那一刻，别人也能感觉你在装，无论是装懂还是装不懂，给人的感觉都是不真诚，那还不如直截了当，随心而动。我一直没有谈恋爱也和这个有关系，我根本就没有办法跟一个在他开口前，我便知道他要说什么的人谈话。熟悉的环境和熟悉的人都不能带给我新鲜感。我常跟母亲说：妈，我看这地球上的人，除了皮相有点不一样，其他好像都是一样的。

好在，这地球上还有个城市叫纽约呀。纽约人同样身为地球人，和我们又有什么不一样的呢？我觉得这需要讲一些旅居美国期间发生的小故事来说明。小故事小到什么程度？就是日常吃饭这么点小事。

在我所住的街区，有一家意大利餐厅，物美价廉，实在不知道吃什么的时候，我便选择去这家餐厅买套餐外带。这家意式餐厅有一款特别火爆的炸鸡套餐，根据炸鸡块数量的不同，为顾客提供了三种选择：含2块鸡块的套餐、含4块鸡块的套餐、含6块鸡块的套餐。从性价比来说，买6块鸡块的套餐最为实惠，所以，我总是买最大份的，一顿吃不完就搁进冰箱，下一顿微波炉热一热接着吃。这天，我如往常一样进入餐厅，要了一份含6块鸡块的套餐，并向服务员递上备好的零钱。服务员问我："女士，你是要辣的还是不辣的？"我心想，之前的服务员都没有问过我是否需要辣的口味，吃的都是不辣的，那今天就尝尝辣的吧。于是我选择辣味的。服务员又问我："你是要全辣的，还是半辣的？"（All spicy or half spicy?）我又想：这么贴心呢，还分全辣和半辣。考虑到自己对辣的承受能力，我选择要了半辣。买完单后，我去取餐处排队等餐。领了打包好的晚餐开心地回到家，洗完手，准备好餐具，打开包装盒，正要开吃，我被眼前的一幕怔了一下：嗯？这是什么？只见那乖乖平躺着的6块炸鸡块上，其中有3块上面插着一面小彩旗，彩旗上写着英文单词spicy（辣）。噢！我恍然大悟！原来刚刚所谓的"全辣"和"半辣"不是表示辣的程度的，而是表示辣的数量的！全辣就是6块鸡块都是辣的，半辣就是3块鸡块是辣的。我莫名笑出了声。这种思维方式的差异让我感觉很有趣。

我相信大多数人会和我一样，在初次听见服务员的询问时，头脑里的第一反应是关于辣的程度的选择。因为中国人对辣这个味道的感知，就是从程度出发的。这跟一个人的英语能力是否专业八级、是否过了雅思托福毫无关系，这是生活经验和常识的彻底不同。我们日常能接触到的比较大众的辣味食物，比如麻辣香锅、麻辣烫、烤串儿、火锅、辣条儿等，中国八大菜系中的川菜、湘菜，皆以辣的程度的不同突出其口感，大致可以区分为：不辣、微辣、中辣、超辣、变态辣。当然，还可以因辣的种类不同而分为：香辣、麻辣和酸辣等。这是我们中国人的饮食常识和习惯。所谓的口味选择，也是在这个框架之下的。所以，没有体验和经历，是绝对想不到半辣等于一半数量的食物是辣的，半辣不等于中辣。我开心地吃着炸鸡，喝着饮料，犹如发现了新大陆一般兴奋。

既然提到了辣，还想普及一个冷门的知识点。都说"酸甜苦辣咸"，五味杂陈，中国人也以此象征人生百味。但是科学证明，辣不是味觉，而是一种痛觉。切过辣椒的人都知道，手摸过辣椒之后是会有很强烈的灼烧感，但是用手去摸醋、摸糖、摸盐、摸中药是没有感觉的。这是一种从侧面证明辣不是味觉而是痛觉的方法。所以，喜欢吃辣的人，严格来讲，是在享受一个自虐的过程。那真正的"五味"是什么呢？应该是酸、甜、苦、咸、鲜。科学家发现，人那敏感的舌苔上有能辨别出鲜味的味觉细胞。

言归正传，这个由点餐引起的小故事，在我看来，不仅仅是一个生活的细节，而且还能引发思考。我们所有人在学生时代都解过题目，有没有碰见过这样的情况：被一道数学应用题难住，写了几个关键的步骤，直觉强烈地示意，这就是解题的思路方向，可就是怎么都解不开这个题目，为什么呢？因为解题人看不见关键。这时候，如果有哪位老师或者已经解出题目的同学能稍稍帮忙点拨一下思路，问题便能一瞬间解开。而那个解不开题，叫人冥思苦想的点，我以为就是智力的极限，或者说思维的局限。人面对这样的局限性，自身是无能为力的，这时候是需要引进一些灵感和智慧的。我想，那么多的艺术家、作家、明星、企业家，形形色色的人都来纽约，和这个有着直接的关系。纽约的人群足够复杂，足够多元，可以说，在这里能够找到全世界任何一个国家的人，所以这里提供给人的思想空间，体量是巨大的。当人有任何困惑、疑问、彷徨、迷失时，来纽约寻找答案，是非常棒的选择。你只要勇敢地向周围的人表达出你的内心，相信千万回声中，一定能听见令你惊喜和惊艳的那个回声，因为这里有来自全世界各行各业的人，就意味着有千千万万种不同的处事方法和风格。

那为什么中国的北上广的地位在国际上不能如此呢？我觉得，最根本的原因应该是语言问题。中国人从小到大说汉语，有的还懂一门英语。美国人，如果是接受过中高等教育的人，至少还会意大利语、法语、德语、西班牙语等。所以，纽约人之间询问语言能力，很少会有人问"你会英语吗"，他们之间都问"你会几种语言"。假设我是一个操着一口阿拉伯语的艺术家，我会选择去中国的某大城市办展览，还是去纽约办展览

纽约州立图书馆

呢？我想我会选择去纽约，因为那里更加国际化，懂我的可能性比较大。这便是纽约的优势。中国的北上广能学到吗？我们的街道可以比纽约的宽，摩天大楼可以比纽约的高，景观可以比纽约的更加精致，但是，当你浪迹于曼哈顿那遍地的图书馆时，阅览室里那整整齐齐端坐着的人，海浪般噼里啪啦的键盘敲击声，足以让人清醒地认识到，我们与他们还是有差距的。他们的图书馆里坐着一批职业作家，我们的图书馆里，以老人孩子居多。他们在生产思想，我们在完成任务。再看看奔走于曼哈顿上东区街头的那一堆三四十岁既没结婚，也没孩子的时髦女人，埋头于工作，投身于事业；看看那布鲁克林街角乱七八糟的夸张涂鸦；看看那商场里顶着爆炸头的黑人小哥，扎着脏辫的肥胖姑娘；看看那端着鸡尾酒侃侃而谈的靓女郎，闪瞎眼的珠光眼影，扇面一般的长睫毛，自信迷人。这一切一切，都让人感觉到纽约的多元化的精彩。想必，这便是纽约深具魅力的秘密了。

在纽约，我忽然觉得我父亲是个很牛的人，他学土木工程出身，搞的是建筑设计，通俗来讲，就是设计楼房的。做这个行业，少不了和房产商打交道。做地产的都是些什么人？财大气粗，开口闭口千万上亿，面对着这些大佬，大部分人都是挑着阿谀奉承的甜言蜜语讲，目的不过是想处好关系。中国是人情社会，多个朋友多条路。但身为一个文弱书生，父亲待人接物始终很有自己的气节。面对一些所谓老总的夸夸其谈、信口开河，父亲总是平和谦逊、不卑不亢，往往还会再关怀地问一句："有什么我能帮忙的吗？"久而久之，他在他的圈子里十分受人尊重。尊重，是纽约城和纽约人的另一种魅力。中国人似乎不太懂"尊重"这个词的含义，仿佛这是某类特权人士才能享有的一样。也有人认为根据美国心理学家马洛斯的需求层次理论，尊重是一种较高层次的心理需求，它建立在其他低层次需求之上。事实真的如此吗？若一个人现在还没有达到物质充裕的阶段，那么对他而言，他是不是就不应该获得尊重呢？这显然是不合理的。在中国的影视作品、电视节目里，充斥着对女性的不尊重，婚嫁呀、婆媳呀、相亲呀等问题，林林总总，极少会有人意识到这是一种性别歧视，是一种尊重的缺失。我问身边的美国朋友，如果一个女孩到了 30 岁还不结婚，你们怎么看这件事？回答是：那是她的事情、她的选择，尊重她的选择。同样的事情要是在国内，可能就是七大姑、八大姨、叔叔、伯伯都要过来狠狠关心一把了吧？

在中国家庭关系中，很重要的亲子关系，也一样存在着严重的尊重缺失。我在纽约一趟从曼哈顿通往皇后区的 7 线地铁上，遇上一个黑人母亲带了三个孩子，是两个女孩和一个男孩。男孩还很小，被抱在臂弯里；两个女孩子根据个子高矮判断，充其量相差两三岁。小男孩可能在车厢里不是很舒服，咿咿呀呀地闹腾着；两个女孩子也是不消停，好像在争什么东西，车厢里都是这一家子的闹腾声。这位黑人母亲真的是很了不起，一手抱一个小的，一手如同施了魔法一般，用手势叫停两个女孩子，然后振振有词地开始讲道理，并配以有力的手势。母亲和两个女儿几番话语来回之后，终于以一敌二完胜。那声情并茂、晓之以理、动之以情的讲情说理，教育得两个姑娘安安静静地开始反思。整个过程中，那抱着小男孩的手还时不时耸一耸，对臂弯里的宝宝以示安抚。很快，车厢恢复安静了。换作中国妈妈会怎么做？公共场合直接扬手打孩子，这是我见过最多的。很多中国妈妈似乎都不太相信小孩子是能听懂道理的这一事实。一个耳光让孩子惧怕，令孩子安静听话远比苦口婆心讲道理好用，那就不用倾听和尊重了。这种普遍的、习以为常的做法，没有人会认为是不对的。再加之中国人有古训：棍棒底下出孝子。打孩子成了天经地义的事。

　　纽约人还有一个特点——热心。无论是我之前来纽约旅行，还是这次来纽约旅居，两次都是如此，只要我在街头驻足停留，稍有迷惑，就会有人前来问我是否需要帮助。前一次是一位戴眼镜、学究模样的奶奶，这一次是一位精致络腮胡的小哥。虽然每一次我都是婉拒，但说实话，心里感觉还是很暖的。在中国，我所有抵达过的城市中，很少听见过有路人上前主动问我是不是需要帮助；我们更多的做法是碰到问题主动寻求帮助，以"请问这个地方怎么走"开始，而很少有人主动问"请问你是迷路了吗？"或者"请问你是找不到地址了吗？"如果有人主动问"请问你需要带路吗？"那么很有可能是一个收费服务项目。还有一些主动询问的人是问电话号码的。唯一有一次，我真的非常需要帮助。由于手机没电，我迷路于北京朝阳区一个叫双井的地方。当时我坐在街边发呆，有人过来关心我，但开口说的是一句："小姑娘，你有什么事想不开，没什么事是过不去的，别想不开。"搞得我都好奇自己当时的表情是有多丧，才能让路人说出这样一句话。不过话又说回来，如此我就下结论说纽约人是热心的，确实有点草率，因为我一个中国人在纽约，就是他们眼里的外国人了，所以，他们看我，跟我在中国，周边的中国人看我，肯定是很不一样的。

最后再分享一下我在纽约的日常生活吧，或许你就是下一个来纽约流浪的人。刚落地纽约时，我是打算住酒店的，后来发现一直住酒店不是很方便。于是我在网络上搜寻纽约当地的租房信息，运气还算不错，在皇后区靠近曼哈顿主城这边一个叫 Woodside 的区域，找到了一栋非常有味道的红色砖墙的房子。它离曼哈顿很近，附近交通也十分便利，周围一共有 7 路地铁可供选乘。日常必需的配套设施也是一应俱全，一公里范围内还有三个大小侧重不一的图书馆供我消遣。对于这个地理位置，我是非常满意的。不在中心，却又离中心不远。不在华人区，却又遇见了中国房东。它让我处在一个中间地带，离东西南北各个方向的主要片区都在 20 分钟车程内。这栋房子的主人很和蔼也很爽快，允许我短租并给了我很便宜的房租价格。他传授了我很多生活经验。不止如此，他还接济了我好几样生活用品。身在异乡，能被这样温暖地对待，着实感觉很幸运。旅居和旅游是完全不一样的，旅游是享受，一路吃喝玩乐，风景名胜，见识的都是美好；旅居更多的就是体验当地的生活，过最接地气的日子，很平淡，却又和在自己家里时不同。旅居

纽约地铁D线

能获得什么，因人而异，与我而言，就是一份完全独立生活的
勇气和习惯。如何把一个人旅居的日子过得美好，真不是想想
那么简单的。一个人，又是在国外，是真的很容易过成落魄流
浪汉的，得亏在纽约还有几个认识的朋友，还有像鲁师兄那么
热心的前辈，有房东，还有一对自称来自中国西藏的姐弟做室
友。因为身边有了温暖的人，日子才算得以继续。

当我从酒店拖着两个大行李箱一路折腾到租住的家时，心
里可算有了一份安然的感觉，可能真的是一个人住酒店太久了，
能和几个人住一个 house 让我觉得非常温暖。尤其是和房东、
室友偶尔碰面、互相打招呼的瞬间，对方那发自内心灿烂的笑
容，足以让旅居纽约的每一天都充满阳光。这和住酒店服务生

送来的微笑是不同的。我喜欢安静，旅居的每一天都很安静，即便那么多人住在一个房子里，也是绝无声响。房子里的每一个人都能做到将自己的事情管理好，并凡事都轻手轻脚不影响他人，与此同时，也慷慨帮助其他人，任何时候，只要能帮上忙。我很喜欢这静悄悄的日子，是有一些孤独，但要比在一群热闹的人中间感到孤独好受太多了。安静能让人静心思考，去领悟自己作为一个人活这一世的意义。

我的日子很简单，无论是睡 20 个小时还是 40 个小时，都任由自己睡到自然醒。睡饱了，开始给自己做吃的，吃饱了，就出门去转悠，图书馆、展馆、地标建筑、公园、餐厅等。我参与了一些纽约当地的兴趣小组，尤为偏爱摄影小组。我一遍遍用脚步丈量这里的街道，用双眼看着形形色色的人和事，如同走进电影里，而我在认真做着观影人。

我发现居住在曼哈顿岛上的人，都过着节奏很快的日子。曼哈顿的住宅楼，进进出出，特别像中国的酒店，以至于我每次去朋友家，都会有些恍惚。前门后门的门卫，电梯口的服务台，每栋楼里配置的泳池、公共休闲区、健身房，都在强化这里是酒店的错觉。不少大楼每周提供免费的早、午餐聚会，整栋楼里的人皆可以来此闲聊，吃面包、喝咖啡、喝果汁。楼里泳池常年恒温并配有教练，健身房随时可去。所有这些都是免费的（可能已经算进物业费里）。曼哈顿岛十分靠谱的物业系统为居住在这里的人提供了最为上乘的服务，而住在这里的人，正在绞尽脑汁，用他们的头脑影响着整个美国。我时常躲进图书馆，随手翻阅那些高木架上的英文版砖头书，哪怕一个标题，哪怕一段话，读懂、理解了，就觉得自己这天没白过，好像窥探到了什么不得了的天机。

耗尽体力的时候，就是我回家的时候。回家前，我通常会在出了地铁口后，到超市里转悠一圈，看看什么水果蔬菜有特价就捎带回一些。同时，我还要买几样自己必需的食物:燕麦、全麦面包、榛子巧克力酱、杯面、芝士奶油、牛奶。这六大件几乎就是我旅居期间在家时的主要食物。原来，吃饭是可以这么简单、健康、迅速的。回想在国内时几乎不做饭，做饭很大程度上是因为心情好、想晒厨艺，大部分饿了的时候还是拿手机点外卖续日子居多。我觉得，那一段过往即将真正封进历史了。以后再饿了，燕麦和面包就是首选，因为榛子巧克力酱和芝士奶油有着不可思议的诱人魔力。一些特定食材和调料的发掘，忽然也成了我旅居于此的乐趣。

和我初来乍到不同，跟我一起同住在这栋房子里的另外两位室友已经在此居住长达七年了。所以，家中的厨房里，全是他们的餐具、厨具和调味品。而我还缺一份在这里常住下去的决心，所以不敢轻易添置任何非必需的物品，一切都是能将就则将就。这一切，室友想必都是看在眼里的，表现在行动上便是她对我真的很好，教我很多东西，和我分享食物。她真的很会做饭，动作麻利速度快，荤素搭配味道好。我自然是蹭了她很多顿饭。她让我了解了他们的饮食文化和习惯。因为她，我又多了一份不同维度的生活体验。她可以熟练地在五六分钟内完成一组美式早餐;15分钟内做完一道家常牛肉咖喱;他们的主食以一种薄饼为主，她揉面、烙饼的速度叫我叹为观止;她会在煎蛋的同时在平底锅剩余区域煎培根，同时还拿两块面包放进面包机。做任何带汤汁的菜肴，要特别强调汤汁的调味，这样菜的味道才会好;做面食，揉面时的腕力是制胜关键;其他煎煎炸炸的鱼肉类，必须配以适当香料、各式蘸酱风味更佳。不得不说，旅居期间学到的很多生活窍门，让我受益匪浅。

从来图安静、活在自己世界里的我，这回可好，总想有事没事找室友聊几句。她的故事，其实也是挺励志的。我的两位室友是一对姐弟。他们是出生在印度的中国藏族人，来美国之前生活在印度。我的两位室友都不会说中文，他们讲英语和藏语（也有可能是印地语）。姐姐告诉我，在印度，女性的生活非常艰难，几乎不可能出去工作。没有工作，就没有收入，没有收入，生活就成了问题。印度的很多人，就选择来美国寻求机会，他们那边的人都是这么做的。她和她的弟弟、朋友七年前一起来到纽约，刚来时什么都不会，他们就上网看视频，所有的一切都是看视频自学的。她还跟我分享了她的工作经历，她说七年前刚到纽约时，工作机会真的太多了，最赚钱的工作就是去曼哈顿的富人区帮他们看孩子。工作按小时计算，直接现金结算，不用交税，当时钱真的非常好赚。现在，她是曼哈顿某高级酒店的保洁，那里工作环境好，工作也稳定合法，日常接触到的都是上流社会人士。奋斗多年，她也早已有了美国居民的身份。我不知道在纽约成为一名星级酒店的专业保洁门槛有多高，但是当她说到她的工作时，那份不卑不亢的表情告诉我，至少，这在她的世界里是一份很不错的成绩。在她诉说的过程中，有那么一刻，我竟然挺羡慕她。知来处，晓去处，日子过得扎扎实实，平凡却也不平凡。我相信，她，是他们那个圈子里的一道光。

旅居的日子还在继续，我的身体和心灵依旧以蜗牛一般的节奏运转着。明天会发生什么我不知道，也许是故事，也许是事故，但无论是什么，竟都没有一丝害怕。流浪让我感悟，好事、坏事都是事，都可以期待，好坏只是一念间，唯有经历过的时间才是真实的。

一些爱好

　　旅居时间过了计划的一半，在纽约的日子，老实说，开始让我感觉有些无聊了。当然，这可能因为我是个无聊的人，不擅长找乐子，所以即便是这样的国际大都市，也依旧给我无聊的感觉。说句气死人的话，就是，玩，都玩不出花样了。仔细想想呢，发现无论去哪里，陪伴着自己的，还是一些爱好。我想分享几件自己觉得还算有些心得的事情给所有人，希望能为同样在找寻趣味的人带去些趣味吧。

　　首先说说打坐这件事儿。这事儿看起来非常简单，无非是盘腿坐着而已，但是个中奥妙只有坐了才能慢慢体会到。很多人觉得不可思议，论谁都想不到我会有这种爱好，这事儿要从我母亲说起。母亲喜好国学，凡事爱追求个禅意。这具体是从什么时候开始的，我已不太有印象，是不是人到了一定的年纪，都好这一口？抑或是国学领域博大精深，能给予人无限的处世智慧和生命启示？我跟着母亲生活时间长，或多或少都是有影响的。不瞒所有人，这本书里的每一个字，皆由"打坐"这件事而获得灵感。与其他人想写点什么，需要各种查证资料不同，我只需要一个安静的空间，一台不联网的电脑。思考是一个让人洞穿一切的契机。由于我一度质疑世间一切事物，一切就都在我眼里变得模糊起来。我的脑子时而混沌，如同阴云密布的天空；时而清晰，如同万里无云的晴天。灵魂深处，不光是善恶两个声音经常会吵架，很多时候，是十几个声音在闹腾，我的头非常疼。因此有一段时间，我跟随母亲去她常去的一个国学书院里行禅。我在那里当义工，干着最基础的粗活儿，吃着书院里最绿色的餐食，体验平静的充满禅意的生活。在书院里的那段日子，不长不短，正好培养起打坐这个爱好。那里的作息时间非常严格，原本打坐是这里的一个规矩，如同上学时的早读，每天早上 5 点 30 分到 6 点 30 分，一个小时的打坐时间，一年四季，雷打不动，是必修课。我就是在这每天的一个小时时间里，喜爱上了打坐这件事情，它令我觉得心静了，头轻了，身体舒畅了。没想到这世间竟还有如此美妙的身心体验。或许打坐会给人一种出家小和尚修行的印象，其实不然，将打坐看作是一项运动，就好比跑步、骑车、登山等，是比较合理的，因为它就是一项静态的运动。我们知道佛陀在菩提树下打坐顿悟了，我猜想，会不会就是在静坐的时候，突然想通了什么。

在书院里，每天清晨 5 点 30 分，一口古钟被敲得荡起悠扬的声响，留宿书院的师兄们陆续起床前往禅堂打坐，我也是其中一个。禅堂宽阔，温度适宜，光线温柔，禅垫柔软，待众人坐定，室内光线便慢慢减弱，直至全部熄灭。整个禅堂漆黑一片，静悄悄的，静到可以听见自己的心跳声。保持打坐的姿势，闭眼，放空，感受自己的呼吸。通常 5 点 30 分起床，对我而言，是很有难度的事情，可是，在那么一个规矩森严、气氛浓厚的书院里，人人皆如此，你也无话讲。起初，按时去打坐只是抱着遵守书院规矩的心理，按标准姿势坐好，身心继续睡觉。可是，我渐渐发现，打坐的姿势无法叫人入睡，毕竟是坐姿，身体比躺着要紧张些，身体里的血液循环速度也比躺着要快一些，整个身体是处在被唤醒的状态，头脑里的意识也是越来越清晰。接着，盘腿的坐姿开始令双腿一阵一阵地酸麻胀，此时，人的毅力开始发挥作用，它控制着身体，与各种不适的感觉做对抗。这个过程很像长跑时的临界点到来，疲劳时想休息的感觉。摆在面前的，无非两个选择，腿脚忍受不了酸胀麻，站起来放松，退出禅堂或者休息后继续；另一个选择就是纹丝不动，将酸胀麻的感觉狠狠压下去，挺过去，直到打坐时间结束。有人在初始阶段站起来放松的，还不少，这很正常，打坐的时间长短确实是一个循序渐进的过程，就好比跑步，第一次1公里就累趴了，坚持一段时间后，发现自己可以跑5公里了。道理如此，但我始终没有站起来，我是第一次打坐就坐到1个小时的人，当时头脑里的逻辑是这样的：打坐虽然和跑步类比，但终归原理不同，一个是静态的，一个是动态的。跑步时，身体临界点的到来，是叫人无能为力的，毅力再强大，也无法驱使那僵硬的腿脚飞奔起来。打坐不同，腿脚酸胀麻的感觉只是叫人难受，人要做的只是忍耐，用毅力控制身体不能有其他动作，要比用毅力控制身体让它动起来容易太多，而且，硬撑着跑步是要死人的，没听说过打坐出人命的吧，所以，坚持下去，不会有什么问题发生，那为什么不坚持？我忍耐着双腿一阵一阵的酸胀麻，这里是有窍门的，越是注意双腿的感觉，不适的感觉就越发强烈，要转移注意力，将注意力放至呼吸上，每呼吸一次，计数一次。酸胀麻的感觉不会持续太久，很快就会过去。

也许第一次打坐的一个小时，全是在那里和双腿的酸胀麻做斗争；第二次打坐的一个小时里，与不适应的感觉做斗争的时间占比会少很多；第三次、第四次，就几乎没有酸胀麻的感觉了。每天清晨一坐下，便感觉幽静舒畅。打坐真正的奇妙体验，从这时才刚刚开始。当然，打坐的体验具体是什么，是因人而异的。大部分人在心静下来之后，会有头部、上肢无限膨胀的感觉，因为打坐的环境漆黑、幽静，打坐时双目微闭，听感会变得十分敏锐，所以，有人会听见自己强烈的心跳声，血液循环声，甚至连禅堂百米开外的风声、鸟声都清晰可辨。由于越来越习惯打坐的姿势，不适应的感觉彻底消失，这时，每每打坐都能获得漂浮起来的感觉，禅堂里是不透风的，我想，那漂浮的感觉可能是人处于静止状态时感受到的地球自转。这当然只是我为了解释打坐时那不可思议的漂浮感而进行的推测，并无科学依据。每当这种不可思议的感觉产生的时候，身心皆有一种不可名状的喜悦，或许，这就是所谓的禅悦吧。

在打坐这件事情上，我有过以上所有的体会，并且还有过一次特别棒的体验。那日我如以往一样，在书院的钟声响起后，起床去禅堂打坐。铺好垫子，盖好毯子，盘腿静静坐下，双眼随着禅堂的灯灭而微闭。渐渐地，周围人的呼吸声都消失了，我只能感受到自己的。我注意力游走到哪儿，便能感受到那儿的动静。比如，扑通扑通的心跳声，肠胃蠕动的感觉。我将注意力集中在头部，此时似乎出现了一个比我更为强大的我，正在俯视打坐的我。漆黑中，脑海里，似乎有漫天星光和银河系。这一幕，跟我多年前在学校寝室发生的那一幕很像，只是我当时没有打坐的概念，也不知道自己踩到了什么法门，不小心进入了那个状态。我的注意力无边无际地跑了一会儿以后，我开始试着集中，将每一次呼吸计数。专业的说法，这叫"数息"。什么是数息？同在书院的师兄这样说：人在呼气与吸气之间，有一个停顿，这个停顿叫作"息"，找到息的感觉，并将每一次计数，就是数息。数息可以非常好地锻炼一个人的专注度。师兄还说，很少可以有人将数息这件事数到超过20下的，它的难处在于思绪不能跑，无论数到几，只要思绪跑其他任何事情上，前面数的次数就不算，必须从头开始，从 1 开始重新数。这事儿，若不尝试，是绝对不能体会到它的挑战性的。那日打坐，我便尝试了数息。在那日之前，我已经有过多次尝试，我清楚数息的难度。我深呼吸一次，调整好状态，让自己尽可能放松，松弛，然后开始数了第一次"息"。"1、2、3、4、5……15、16、17……"禅堂空灵悠远的音乐响起，一个小时的打坐时间结束。"什么？结束了！"我惊叫起来，立马找出手表看时间。那明明确确走过去的一个小时，我却感觉只有十几分钟而已，而我还差数三下，就到师兄说的，那很难抵达的 20 下了。

从盘腿坐下到完全静心，我估计大概是 5 分钟的时间。从我开始深呼吸，集中注意力，然后挑战数息到数至 17 时，我估计也就过去 10 分钟。这个过程，撑死不会到 20 分钟，但那是我的感觉，事实是一个小时过去了。我的人生里，在我坐着数数的状态下，有将近 40 分钟的时间，竟然消失了。这种体验妙不可言，无以言表。难怪师兄说，数息数到 20 是很难的。我曾设想，如果没有钟声的提醒，会不会数到 20 时，一天都过去了？打坐状态下，人可能已经进入了另外一个境界，那里的时空感和现实的时空感觉不一样。

之后，在书院里，我多次尝试进入那个状态，但是不行，做不到了。每次数息，之前数息的那次特别意外的感受的惊喜，就会不断浮现出来，扰乱我数息时的思绪，别说 17，连 10 都数不到了。这感觉，好比上学时不小心考了个全班第一名，而后再怎么努力都考不到了。似乎是体验到了人生巅峰的感觉，却无法将感觉一直维持在这个层面。这是为什么呢？或许，也是执念的一种吧。作罢，放下执念，顺其自然，任由思绪遨游吧，换个角度，打坐成了我静心和冥想的好方式。

出了书院之后，很多事情已经遗忘，但是打坐的习惯，我还是选择保留了下来。每天睡醒睁眼后，不用着急去卫生间洗漱，就在床上，盘腿坐起定个 20 分钟，身体会犹如吃了早饭一般精神。当然，也可以专门设定时间打坐，每次 40 至 60 分钟，不能再多了，因为打坐的时空感觉和现实的时空感觉不同，时间在感觉上可能是飞快的，也可能是极缓慢的，40 至 60 分钟的客观调控是比较合理的安排。

　　除了打坐，还有两件事是我很喜欢做的，分享一下，跑步和骑车。这与我认识一个玩铁人三项的朋友脱不开关系。起初，对于跑马拉松这件事，我是很费解的。我实在是想不通，怎么会有人去绕着西湖疯跑，没事在家看看电视、翻翻闲书多好。真的要感谢那位朋友，他没有放弃我，将我拉进了一个跑步群。由此，我一下子认识了好多跑马拉松的人。群里的大神们每天都在晒各种跑步数据、成绩、奖牌、跑鞋，还有其他各式运动装备。在观看了人家的跑步成绩之后，我内心还是很有触动的，为什么他们能每天跑 10 公里都不带喘气的？我跑 800 米就感觉心脏要爆炸了呀？为什么？太不可思议了。于是，我也就掉进马拉松的坑里了。第一天从 500 米开始，第二天跑 1 公里，第三天 5 公里，休息，第四天，又是 5 公里，休息，挨到周末，我尝试着去西湖边绕了一圈，那一圈将近 11 公里。我开始有些悟到了，人的体能，是可以通过训练提升的，循序渐进很重要，坚持很重要。当然，起初的尝试且不退缩，是一切开始的根本。总之，到这个阶段，我已经不好奇为什么别人可以跑马拉松了，因为隐约中，我知道，我自己也可以。后来，我报名去扬州参加了一个半程马拉松，事实证明，可以轻松跑完。参加人生第一个半程马拉松时，距离我第一次开始跑 500 米，只有两周时间。人生真的有无限可能，最重要的，我认为还是勇敢地迈出尝试的第一步。再后来，就陆陆续续跟着跑友们，只要时间、地点、经济条件允许，参加了不少跑步活动。这里，我真的要感谢我的母亲，无论我做什么，她都无条件地支持，不仅开车做我的后勤人员，还送我各种各样的跑鞋，还给我买很多补品，担心我跑虚脱了。我也感谢我的父亲，从不认为我做的事情是不务正业，在我获得第一块马拉松奖牌时，他竖起大拇指夸奖我勇敢。

　　跑步跑了两年多，关于跑步这件事，没什么过多的技巧可以分享。无非就是跑鞋要买好一点的，平时营养要足够，赛道上步频和呼吸要摸索到属于自己的那个节奏。一旦节奏找到了，人似乎就成了永动机，可以一直跑，跑到饿，跑到身体能量为零。我不是跑步的大神，速度上没有优势，只能做到跑完所有赛程。跑步这事儿吧，是需要一些天赋的，它对身体素质要求很高，在一定范围内，是可以训练提升能力的，但是我不认为谁都能通过训练成为那种可以全程马拉松跑三个半小时的大神。任何竞技，越是到了高处，越是拼天赋。跑步可以当一个非常好的兴趣爱好，锻炼身体，强身健体，并且跑步时大脑可以关闭，无形中，还是脑力得以休息的一种方式，所以，综合来说，我还是很提倡跑步的。

　　跑步跑久了，就自然会认识公路车，因为跑圈里有很多玩铁人三项的朋友，跑步、骑车、游泳，对他们而言，这似乎是一个套餐，缺一不可。而我，从跑步过渡到骑车，是出于一种对速度的追求。依旧是带我认识马拉松的朋友，在他的影响下，我开始接触公路车。公路车真的是奢侈的玩意儿，但当时的我也不知道是中了什么邪，被那什么全碳车架、高性能变速、爬坡、避震等概念，迷得一塌糊涂，鬼使神差地就刷卡两万多买了辆公路车。那时的我，应该就已经是别人眼里的疯子了，我都能听见人家内心诧异的声音："这姑娘是脑子坏了吗？花两万多买个自行车？"是的，我现在想想，自己当时脑子确实是不够清醒。可是如果不买那辆自行车，我脑子就会日思夜想，永无清醒之日。但不管怎么样，公路车真的陪我走过了人生中一段非常美好的时光。

有了跑马拉松的体能做基础，又区别于马拉松运动，公路车借助轮子发力，使得原本受限于体能的运动范围被极大地扩张了。比如，本来我一晚上可能跑步绕西湖一圈，现在，我可以骑着公路车绕杭城一圈，这不光是扩大了运动范围，也极大地拓展了我的视野。俗话说，近处无风景，别以为那些在杭州住了很多年的居民，就真的了解杭州的美。不出门，不用脚步丈量，不用眼睛一幕幕欣赏，怎么可能看见那细微处的美好。刚拥有公路车的那段时间，新鲜得我呀，天天晚上杭城飞70公里，积极且热衷参加车队的每一次骑行活动。第一次出门便是桐庐骑行，和车队小伙伴一起完成了98公里。所有队友都说，不愧是有马拉松基础打底的人，居然能跟得上。那段时间的状态，确实是爆表地好，所以，有句经常在微信公众号看到的话，还是有道理的："余生，你一定要找到你所热爱的。"因为速度快，骑公路车是有很大风险的。我就因为控制不好车速，和队友追尾发生过翻车事故。当时手臂、膝盖全都擦破了皮，可是，也不知怎么的，受了伤却还笑嘻嘻的，用我母亲的话讲就是："喜欢的事情，真是受伤都高兴，伤疤像是勋章。"没错儿！就是这样！没有什么为什么，我就是乐意！

因为跑步，因为骑车，结识了很多朋友。前几天，重庆举办马拉松，跑圈的朋友去参加自然是不稀奇，但是车圈的朋友，居然也有一个人去参加了，而且是全程马拉松。我在大洋彼岸的纽约，看到这一消息，真心替那位朋友捏一把汗。先难后易，是轻松的；由易到难，是费劲的。就好比理科生可以转文科，文科生难以转读理科一样。我先跑的步，后骑的车。这位好友非要体验一把车圈人去跑圈，我也不说什么，估计他会跑到怀疑人生吧。最后，我不是很放心，还是拿起手机，啰啰唆唆分享了一堆过来人的经验给那位兄弟。赛后，虽不知其具体成绩，但是看朋友群消息，应该是顺利完赛了，长吁一口气。我觉得这个人很勇敢，很英雄。为什么这么讲？因为全程马拉松对体能的要求更高，而且你很难在运动过程中休息，即便是慢跑，也还是在跑，在消耗体能。但公路车不一样，车轮子有惯性，人坐在上面踩脚踏，是完全有偷懒的机会的。这位好朋友，从公路车到马拉松，绝对是由易到难的过程，这是很需要勇气的。一旦信心受挫，别说马拉松了，可能连公路车都不会骑了。所以真的是很佩服啊。过了挑战的阶段，还在挑战自己。在这里，我给所有热爱运动，并且对一些有兴趣玩铁人三项的朋友，一点点个人建议：起先要注重马拉松，其次是享受公路车，最后排酸放松去游泳。当然，全部玩了一遍，不想动了，就去健身房吧，直到生命的后半段，一丁点儿也不想动了，那我们就一起打坐吧。

餐厅"奇"遇

　　随着一天天出入的频繁和熟悉程度的积累，我与住在同一个房子里的那位分给我食物的室友，越来越亲近。我每次如果出门散步，或者去厨房拿点什么，瞧见她，无论她在做什么，都会习惯性地夸赞她，比如："真厉害，你做的饭菜香得我都坐不住了，真的好香"；偶尔也会看着她买的菜讲"好聪明，你选的食物，都比我买的新鲜且便宜"。室友每次都会很开心。

　　最近有一次，我外出回家，在离家还有几步路的地方，碰见了她，那一刻，我觉得她跟我很像。我是长发，没什么过多的修饰，连基本的刘海什么的都没有，习惯高高扎起马尾，做什么都方便，还显得人精神。我发现她也是，她不知从什么时候开始，也将原本披落肩背的长发束起。她的打扮也在变化，本来她穿着很多碎花系列的衣服，略显主妇气质，现在是一身黑白搭配，黑色运动上衣，白色牛仔裤，整体形象很是靓丽。我和她打招呼，不吝啬地送上夸赞，夸她今天特别漂亮，夸她衣服黑白配色特别经典。她一脸阳光，笑意盈盈地对我说谢谢，很感谢。

　　从我搬到这里住开始，我觉得周围的人和事都是有变化的。

比如，我的这位室友，我能明显感觉到她在一天天变漂亮，我相信，美丽的语言，绝对有着意想不到的力量。这整座房屋也是，总是安静得出奇，仿佛这里的一砖一瓦也都知道，我喜欢安静。本来我每天早上会被厨房里做早餐的动静给吵醒，但现在，我需要特别设置手机闹铃叫醒自己，不然真担心会一觉睡到下午。到底是周围的人和事在关爱我这个喜欢安静的姑娘，还是真的由于我宽心安心，睡眠质量高到睡不醒，我也不是特别清楚，只知道，一切似乎都在跟随着我的心意而不停变幻。是不是很神奇？

当然，美好的幻象总是短暂，打脸的事实总是比较符合实际。自我感觉良好的神奇状态，老天爷也是会嫉妒的。在家里美滋滋是吧，下一秒出门儿，就让你瞧瞧什么是人性。我，一个在纽约旅居的看客，就在今天，在一家餐厅，被一幕极其恶心人的画面，给呛到了。

事情是这样的，我根据 Google Map 的指示，去参观一个植物园，地处纽约皇后区的法拉盛。午餐时间，我逛到法拉盛的主干街道。这里其实给人感觉很乱，到处都是中文，耳朵里听到的也都是中文，完完全全是一个华人的地盘。一些在中国都无人问津的产品，在这里，被当作是稀罕土特产在售卖。

转悠许久，我看见一家能吃红豆米饭的快餐店，甚是高兴，立马进去了。点餐取餐后，在餐厅找了个位置坐下，捧起许久未见的米饭，心里真是喜滋滋的，好香。茶余饭后，一时间也没想好接下来要去哪里逛，再加之因为进食饱腹，血液都流向了胃腹，大脑也关机了，我慵懒地撑着手臂，托着腮帮，咬着吸管，吮吸着还剩余一小半的果汁，打量着餐厅里的人。一个白发老头进入我的视野，他在我坐下就餐时就已经坐在那个位置许久了。他身着军绿色的夹克，深咖啡色的裤子，挂着一根精致的龙头拐杖，体态发福，面色红润。怎么看，他都是一位慈眉善目、修养不错的老人。他坐的位置，挨着过道，每当经过一个进入餐厅的客人，他便会问："讲中文吗？能问个问题吗？"

经过的人都不搭理他，老人就继续等待下一个进来的人。我那会儿心里是犯嘀咕的，心想这里的人可真够冷漠的。这时又进来一个男人，匆匆就奔向了点餐处，老人连开口说句完整话的机会都没有。我开始有些好奇了，这个老人是这里的常客吗？大家都躲着他？总觉得接下来还有什么剧情，以至于已经喝完果汁的我，依旧坐在位置上看着。嗯，再瞧一会儿，我这

纽约皇后区街景

样打算。

又是许久，终于进来一个小朋友，也不是很小，跟我弟弟一般大，估计十五六岁，背着一个书包。那个男孩进入餐厅的那一幕，特别让我没有在美国的感觉，倒像是自己小时候坐在国内路边某家肯德基。他应该不常来这里，常来的话，就不会盯着餐厅内的美食及促销海报看那么久。他终于选好自己要什么了，可能还算好了钱，然后满怀期待地走向点餐处。这个男孩取餐后，真的很会选地方，他坐到了那位老人旁边的座位，然后开始就餐。男孩点的餐食，我想想，该如何描述，应该就是国内麦当劳或者肯德基的一份普通套餐吧，但由于美国人的饮食习惯，那鸡块、鸡腿、鸡翅和饮料什么的，显得特别大份。

这时候，老人家开始转向男孩，问他："你会讲中文吗？"男孩点点头。老人家又问他："我刚刚吃完，餐巾纸不够擦手，你盘里的能给我一张吗？"男孩又点点头，然后将自己的托盘整个托起，将摆放着纸巾的一边递到了老人家面前。我想，男孩之所以会将托盘托到老人家面前，大概是因为自己手捧鸡块，很是油腻，不方便给老人递纸巾吧。但是，就在这个时候，老人以他最快的速度，拿走了男孩托盘里最大的鸡块，迅速转身，吃了起来。而男孩怔怔地看着眼前这一幕，看着他心爱的鸡块被人就这样抢走了，愣在那里。我能感觉到男孩的怒气在上升，因为我心里也有一股怒气此刻正在迅速积聚。但那个男孩还是很镇静、隐忍的，虽然已经涨红了脸，但是他并没有闹起来，而是埋头继续安静吃他托盘里剩余的食物，一声不吭。我知道他一定很委屈、很委屈，也许已经不知道自己吃的东西是什么味道了，但是他自始至终都没有闹，也没有多一句话。

我是佩服那个男孩的，那份隐忍和淡定，自己的东西就这样在眼前被抢走，依然能够保持平静。在他的鸡块被抢走的那一瞬间，我有过心理准备，如果男孩跟他闹，今天即便是招来警察，我也要替他跟那老头儿好好说说道理。再看看那老头儿，贪婪地啃着鸡块，吃相真的太难看了，那可是从一个孩子嘴里抢来的食物啊，他居然也吃得下去。原本还让人觉得慈眉善目的老人，一下子变得让我厌恶。我急急收拾了自己的餐盘，很快离开了那家餐厅。还好，室外有明媚阳光的抚慰，让我舒服许多。

我漫步在街头，脑海里始终挥之不去刚刚餐厅那一幕，找了条长凳坐下，在那里静静地思索。那个老人，并没有衣衫褴褛，反之，还穿着相当得体；他也没有瘦骨嶙峋，反之，还体态微胖，就那样占着一个座位，一直坐在餐厅里，别人也不赶他。所以，他是常客？所以，他的行为大家都知道？所以，周围人都是睁一只眼，闭一只眼的？这是为什么呢？他是留守老人？他被家人抛弃？既然能来纽约，说明曾经还是有身份的人或者说子女是有身份的人，那他为什么要在一个餐厅骗一个孩子的鸡块吃？子女不在了？老伴儿呢？还是说他是孤身一个的流浪汉？他已经以此伎俩为生多年？……一连串的问题和可能性，在脑海中闪过，选择相信这个老头儿有很多苦衷吧，因为这是唯一能说服自己的方式，我的心里实在是太难受了。

虎毒还不食子，然而我在纽约，却看见了一个中国老头儿骗取一个男孩的鸡块这样的场景，"尊老爱幼"这四个字，在此刻显得格外好笑。相比而言，乞讨的场面，都比这场面要体面。乞讨者没有生存的能力，只能放下最后的尊严，为了活命，要口饭吃。施舍者出于同情，给口饭吃。这都可以接受。可餐厅那一幕，老人对小孩已经是以强欺弱了，手段已经是欺骗了。老人老了老了，已经为老不尊，开始不要脸了。孩子没有父母庇护，没有基本的保护自己的常识，遇到委屈都只能隐忍。老人骗取孩子鸡块，还吃得津津有味，我感觉太不可理解了。

回家后，我和母亲聊今天外出看到的事情，跟她讲我在纽约看到的这一幕，倾诉自己内心有多崩溃。我母亲说："这是他们的路，他们的命，他们的坎，你做好你自己。"好一个独善其身的回答，竟也叫我无言以对。

被玩坏的"体验经济"和"分享经济"

　　这个世界，有太多免费的东西、免费的体验了。我曾设想，这个世界，可能不需要钱也能活，日本如此，美国如此，中国似乎也在变成这样。第一次这样认为，是和我妈妈去日本旅行的时候。

　　毕竟不精通日语，再加之还有母亲在身旁，安全出行最重要，去日本旅游，是半自助跟团游。那趟旅行，结识了一个很有趣的导游，叫大米。不知道是不是因为他的爱人叫老鼠，所以他才取了个这么萌的名字。大米是大连人，自称小时候不怎么会读书，考不上什么好大学，家里经济条件又有限，去不了欧美澳，于是就来日本混一个学历。混了两三年才知道，日本的大学文凭，其他国家都不认可，于是就无心念书，开始思考生存问题。他说他当年在日本东京街头游荡，寻找各种打工机会，发现日本的超市、商场、美妆店等，都提供免费试吃、试用，而且免费提供的分量还不小。那会儿他是学生，口袋里确实没有什么钱，于是每天放学了，就跑去大卖场逛一圈，免费的试吃都来一遍，不光自己的肚子能吃饱，还能给室友带一点。不止如此，他还建议他身边的女生，有活动时去某某商场的化妆品专柜逛一逛，不仅妆面化好了，还能带回很多小样、试用装、面膜，化妆品钱也省了。当时作为游客的我，听得目瞪口呆，人家商场提供免费试用，是为了促进销售啊！免费试用原来还可以从这个角度切入，佩服。不知道日本商家心里作何感想。当然，下有对策，上有政策，也许是因为有大米这样的人存在，所以，免费试用的规格，变得越来越小了，至少，我真的没有见过免费试用可以做到管够的程度。如果免费试用都管够了，那谁还掏钱买啊？所以，大米有 30% 的可能在说笑，但是基于那也许真实的 70%，倒也给生存提供了一丝希望、一种思维方式。不知道这算不算"体验经济"被玩坏了。

　　美国的情况怎么样呢？就纽约而言，也有很多免费的东西。我所接触最多的，就是文化产品，比如免费的杂志、免费的小报、免费的课程、免费使用的图书馆、免费的文化活动等，总结就是，广告信息免费，文化渗透低成本。当然这是从受众角度出发的，登广告的，想必还是花了不少银子。但天下没有免费的午餐，当你的眼球被这些免费的东西中的一样吸引住时，你就可能要付出代价了。我说过，想要得到什么，就必定得付出什么。美国人的思路，其实和日本人是一样的，区别在于美国人从文化洗脑入手，从精神世界开始，依靠信息渗透改变认知，循序渐进，而日本人直接从感官体验着手。两者的结果导向或者说目的一致，就是如何更多更牢地获取消费者的心，进而产生变现的经济效应。那我们来开个脑洞，玩个逻辑游戏。听闻日本有很多免费试吃，还能管饱，而美国只有看看广告的分儿，那还是去日本吧，至少能活着。其实不然，所谓跳出思维框架，就是不要死板看问题。你想啊，纽约街头那么多放免费杂志和报刊的邮箱，里面放的是杂志，是报纸，是广告，是各种信息，但同时它们也是纸啊，是纸就是资源啊，是资源就可以收集卖钱啊，这完全可以废品回收吧。所以，从理论上来说，每天骑着车，绕一圈曼哈顿城，一天的生活开销就解决了，说不好还能发财。当然，我的逻辑只是玩笑话，提供一种思路，意在启发，千万别这么做。

"体验经济"被玩坏了，那"共享经济"呢？这个词在中国现在太火了，顺应这个概念，整个朋友圈画风都变了，变到让人怀疑你身边的人都是推销员、销售员。中国是进入了全民销售时代了吗？虽然朋友圈纯友谊是理想，但是当70%的信息都是兜售产品时，也挺心累的。共享经济的概念是根植于"互联网＋"概念而萌生起来的。互联网技术的成熟、发展，使得网络变得像未开发的沃土一般，"互联网＋"所衍生出来的大部分东西，就像是播撒于互联网这块沃土上的种子，"共享经济"就是其中之一。我认为对这个概念理解得比较好的，是一些打车软件。家里有闲置的汽车，或者自家汽车有许多闲置不用的时间，可以利用互联网来与他人进行共享，从而达到资源利用最大化、保护环境的初衷。与他人共享一下车辆的使用权及使用时间，车主获得利益回报，用车的人也得到便利，双赢。但太多人把这个共享概念理解歪了，那些卖课程的、卖保健品的、卖汽车燃油添加剂的、卖美容产品的，等等，反正就是朋友圈卖的大部分吧，包括很多平台，其主要逻辑就是，一个人买了，觉得不错，你只要分享到你的朋友圈，便可以获得奖励，也许是现金，也许是积分，也许是其他奖励，只要你分享；如果有人通过你分享的链接，做出购买的行为，分享者还可以进一步获取奖励。这里，还包括很多知名的品牌，都如此操作。可这难道能算共享经济吗？

有过这样一次购物经历，帮母亲买一款澳洲品牌的保健品，在某 APP 下单，三天就到货了。正常人应该会很开心吧，不

从罗斯福岛看曼哈顿

知是否有人和我一样起疑，欧洲邮寄过来，三天就能到啊？于是稍微留心了一下发货地：宁波。官方解释就是宁波港口有人家的囤货地，也就是仓库。那为什么产品宣传页要显示海外直邮呢？是我疑心病重吗？一旦有一环让我觉得自己被诓，就会导致我质疑整条产业链，比如，产品是真的吗？产品不会就是隔壁省加工的吧？那其他同类产品呢？不会所有产品只是包装不一样吧？疑云重重，谜团连连。

　　还有一个故事。在纽约的这段时间，离父母远，蹭吃蹭喝也不行了，要生活嘛，于是不得不每天思考收支问题，开始在网络上寻找兼职。很有意思，我碰到的很多门槛低的兼职，其工作内容是这样的：在你所在的城市，用邮件接收产品信息包，然后上传到网络售卖平台，卖出即可得 10% 的分成，如此有商业头脑的貌似都是中国人。这很有意思，不是吗？国内的人喜欢找人代购海外的产品，国外的人喜欢买中国的产品。而且所谓的产品也很有意思，就是衣服、鞋子、箱包的图片，重点是图片，对，只有图片。网购的缺点，就是看不见实物。一双鞋子，拍成靓照以后，再合并其他产品信息，打包，发送给 N 个卖家，通过互联网，在全世界售卖。消费者以为自己在海外淘到了美物，其实可能就是隔壁村生产的；消费者以为找到了值得信任的卖家，并献上忠诚，其实卖家都只是发图片的。或许有人反驳，只要到手的产品好，就没什么问题。这个，见仁见智吧。

在我寻觅兼职的这段时间，接触过这样一家华人公司，主推保健品，以及一些生活器具、母婴产品、饮料食品，属于代购的升级版。虽然公司在美国，但是其销售市场是针对中国的，其套路也无非就是中药治本，无副作用，萃取技术先进，美国制造，各种专利。整个公司，除了纸张，其他什么也看不见，连主打产品都没有。而兼职者都做什么呢？很简单，注册成为会员，分享出去便有积分，购买有返现，介绍人有提成。没有从业经验不重要，有一对一专业知识培训。我直接质疑这种销售方式是否合法。于是人家不慌不忙给我看一堆材料，试图证明其产品的优良性能及销售手段的合法合理。坦白讲，我对这一套是免疫的，因为我已经看见了他们的办公区坐着一位 PS 小仙女。于是我问："那既然是美国制造，工厂在哪里？能参观一下吗？"这个时候，对方脸上终于开始面露尴尬了，回答我的原话是："工厂是有的，但是具体位置并不清楚，从来没有人问过工厂的位置……但你要相信，我们是真的，我们的产品卖得很好，效果很好，20 多年历史了……"对方开始用和之前很不一样的眼神看着我。我知道不能再往下说了，找了个理由，抽身走了。破绽太多了，我不能再往下看了。20多年的历史，以当今信息发达的程度，怎么完全不知道有这样一个品牌？公司核心成员，都不知道自家工厂在哪儿？而且全公司没有一件产品样品，怎叫人不起疑？公司明明刚成立，产品却有20多年的历史了，那到底是先有鸡还是先有蛋的？会不会听了我的质疑之后，他们再开个厂，把谎话说圆呢？

很多事，很难说，不能看太穿，又不能看不穿，看穿也别说穿，生活确实不易，但愿初心真善。我在纽约的这段时间，母亲总爱跑到农村采摘。有那么一瞬间，我也好想去农村，学习下地种田，过陶渊明那种"采菊东篱下，悠然见南山"的日子。大自然从来不会愧对任何一个勤劳的人。你勤奋了，它便回报你勤奋的果实。扎扎实实，没有尔虞我诈，没有巧取豪夺，没有套路计谋，天地之间，坦坦荡荡，真好！白日梦做了十分钟，突然意识到，哎呀，我是居民，农村都没田地！

我的工作

　　朋友圈有人羡慕我不用工作，成天到处玩。这个怎么说呢，首先，朋友圈并不是一个人工作、学习、生活的全部；其次，工作和上班的概念，还是有些许差异的。当然，话又说回来，像我这种坚持只做自己喜欢的事的人，根本就没有什么明确的上班、工作、生活的概念，可能 24 小时都在忙一件事，哦不，最长纪录是 36 小时连轴转，也可能 20 小时都在睡觉。所以，能被朋友这样羡慕，我内心是很荣幸和感激的，至少，我觉得，能被些许人羡慕，总归也算是我没有活太差的证明吧。

　　谈到工作，对我而言，这是个很有趣的话题。我不知道有多少人想过这个问题，就是什么叫"工作"？从社会学角度看，工作的解释应该是指劳动生产，主要是指劳动。生产可以创造价值；而劳动可以创造价值，也可以不创造价值，比如做无用功。人通过工作来产生价值，通过工作换取一些报酬，通过工作来寻找生活的目标。自然而然，工作便成了我们生活不可缺少的一部分。工作的概念，其实最早貌似在初中课本里，我们就已经有接触。换言之，其实大部分人早就知道什么是工作，即便不知道工作的定义，也完全不会影响他们正在工作这个事实。那基于"工作"这个概念提供的认知，我觉得，从懂事起，我可能就在工作了。这真的要感恩我的母亲，她总是让我悄悄感叹，为什么她能如此智慧。

依旧从朋友圈说起，身边有一位女性朋友，有一个乖巧可爱的女儿。她经常会把她女儿的照片晒到朋友圈，我几乎是看着她女儿长大的。有一段时间，她晒的照片，大部分是她女儿在玩过家家，可爱的小灶、多彩的餐具、塑料模拟的瓜果蔬菜、美食饮料，等等，总体而言就是：萌萌哒。我那会儿脑子里有一个念头，为什么不能让孩子玩真的呢？在我印象中，我的童年里，贴纸、玩偶、小汽车、奥特曼、怪兽这类是玩具，锅碗瓢盆就是吃饭的锅碗瓢盆，不是玩具。所以，非要卖萌跟现在的孩子做个对比的话，那我觉得我那会儿要高级多了，因为我都玩真的，而且对洗碗这项劳动任务情有独钟，那时我应该只有四五岁。不过，我不会做饭，因为做饭要接触油和火，这两样东西对我来说，到现在都感觉是危险的。所以，小时候，我总是帮妈妈洗碗。洗碗这项能力到底是妈妈教的，还是爸爸教的，还是自己看着爸妈做，久而久之就无师自通了，我就记不清了。那洗碗的快乐在哪儿呢？对于那时的我而言，有五毛钱，另外就是洗洁精的泡沫。真的是想不通啊，为什么会有洗洁精这么好玩的东西，掺了水是可以吹出泡泡的。所以，即便我现在到了 30 岁，在我洗碗时，爸妈都还会过来提醒，别放太多洗洁精啊。再关注到当下的孩子，明明是条件更好，不光是生活的条件，还有自身的条件，例如健康、智力等，那为什么不在其能力范围内，让他们都玩真的呢？为什么不让孩子从事真正的劳动呢？打碎几个碗，择烂一些菜又不是什么巨额损失。

如果说，四五岁的我就在劳动了，那之后的我，就是开始创造价值了。除了日常帮父母做点力所能及的家务外，我印象很深的一次，我母亲在看电视，她很喜欢的电视节目，挪不开眼，动不开身，就吩咐我去小卖部买瓶酱油，因为厨房里的没了，而做晚饭时又需要用，电视节目又接着晚饭时间，于是闲在一边的我成了她最好的差遣对象。按照现在的催婚笑话讲的：隔壁家老王的孩子都会打酱油了，你还不抓紧点儿。没错了，我可能就是千万隔壁老王家孩子的最早代表。本来打酱油这件事儿呢，没有什么吸引力，但是我母亲慷慨啊，她说：去买瓶酱油，多余的钱你还可以买包话梅，当作奖励。这就有意思了。我替妈妈跑个腿，我付出劳动，这件事是有物质奖励的，换句话说，是有报酬的。套用今天的话说，那我五六岁就当过快递员了，或者说外卖小妹。所以，我又很开心地多了一项业务，有偿跑腿儿。至此，单纯的劳动已经变成了劳动生产，某种程度上，我和母亲之间，还有雇用和被雇用的关系。虽然当时还不具备这样的认知，但是很多东西的影响是潜移默化的。

早年，父母都是双职工，节假日也总需要工作那种，不上幼儿园的时候，我经常一个人被反锁在家自娱自乐，吃饭都会成问题。父母的解决办法就是轮流带着我去他们的单位食堂吃饭。很多时候，吃完饭我就不肯回家，在保证自己会很乖很听话的前提下，我可以留在父母的单位里，出神地看着身边工作的大人。我清楚父母的办公室位置、单位地址、父母身边一起工作的每一个人。有的时候，母亲工作太忙，我就跟父亲去，父亲的工作时常有应酬，他通常也都不避讳地带着我。当然，那时候是出于无奈，因为我没有人看管。我比较喜欢跟父亲出去，对我而言，应酬的意义就是有一大桌好吃的。但是那会儿没有人意识到，在那样的场合，大人交谈业务、生意、项目，对一个含着美食、全神贯注看着的孩子的未来，会有多大的影响。我们去过的场合，见识过的场面，关注且接触过的人，最终也会成为我们的经历和经验的一部分。何况父亲还总在觥筹交错间问我："你觉得这个叔叔怎么样？那个伯伯怎么样？"现在回想，我貌似无形中已经担任过顾问的角色了。这份儿时的体验，我想，带给我最大的素质就是淡定，并且让我后来对一些年纪极小的董事会成员的出现，抱以很平和的态度，就如人不可貌相一样，能力并不能完全以年龄而论。我身边，有一个从9岁起，就在父亲公司担任董事会成员的小孩。别看只是个孩子，他按时参加董事会，听取报告，履行他该履行的职责，公司的重要文件也需要他的过目签字才能生效。这不是天方夜谭，永远不要小看一个儿童的潜力，正所谓"后生可畏"。所以，当大部分人大学毕业寻找工作时，这小部分人的工龄都可能已经超过10年了，你能看得出来？

　　无独有偶，我在纽约这段时间，到处蹭讲座，在总裁云集的商科课堂上，30多人听课，90后就占了10人，其中不乏极具头脑，成立项目并成功推上市的精英，他们不受限的思维叫人叹服。这里插一件令人欣喜的事情，曾几何时，中国的一些有学识的公知或人物总是夸赞外国的富豪、外国的制度，嘲笑中国的富豪是土豪，说他们积累财富，只为保子孙世代富贵。其实不然，很多觉悟高的中国富豪，已经意识到到底传承什么给子孙才能永葆子孙世代昌盛，他们开始学习一些海外的巨富，将自己的一部分财富捐献出来。其实这个道理不难理解，"生于忧患，死于安乐"。常言道，富不过三代，主要是因为在传承过程中，只传承了物质财富，而没有将精神财富传递下去。授人以鱼，不如授人以渔，换言之，授子女以鱼，不如授子女以渔，也是一样的。另外，真正的巨富们将财富捐献出来，还有一个重要原因是他们认为：这样做，既可以造福社会，也可以使其后代保持独立高尚的品格。中国没有相关法律硬性规定这件事，因而也没有类似遗产税方面的法律规定。不过，立法与否，绝对不会影响到真正的富豪对其理念的贯彻，这就好比一个遵守纪律、恪守准则的人，感觉不到法律和纪律的存在一样。是否立法，最终影响到的应该就是社会财富分配均衡的问题了，相信随着中国社会的发展，会逐渐制订出一些方向性的政策。

思绪再扯回到我的故事。我的整个小学六年，有几件事情，印象极为深刻。和大多数小学校园一样，我念书的小学校园也有自己的校园广播，叫雏鹰广播，每周二中午播放。小学三年级的时候，开始学习写作文，我的班主任恰恰是语文老师。这真的很关键，无形中拉近了我和语文老师的关系。当时的我并没有优秀的概念，感恩那时的语文老师——孙老师，因为她觉得我的作文写得很好。孙老师将我的作文投递到校园雏鹰广播，而后我听见了自己的作文在校园广播播出，那时的激动心情，我至今都记得。有过第一次的鼓舞，后来，每周二都会有我的文章。一学期后，我有了自己播讲自己作文的机会，也就是说，每周二，不光有我的作文在校园里广播，还有我的声音在校园里响起。再过了一学期，我已经成为校园广播的主持人，自己写，自己播，自己主持。小学四年级的最后一个学期，连配乐播放的同学都不见了，搭档主持的同学也不见了，变成了我一个人在每周二自编、自导、自演，还带播放配乐。那时候，我就需要思考一个问题：我一个人的作文，撑不够节目时长啊？于是，每周我从写一篇作文，到写两篇作文，然后再和孙老师及负责校园广播的贺老师沟通这个问题，想出一个办法，就是将班级里作文写得好的同学的作文，选出一些，进行广播。就这样，这个校园雏鹰广播硬是被我一个人支撑了近一个学期。我至今还记得那几台长得像录像机、DVD 机的播放音乐卡带的机器和那调整音量的银色旋钮。后来升到五年级了，我如退休一般，退出了雏鹰广播，贺老师奖励给我一本非常精美的笔记本，上面写着"雏鹰广播优秀播音员"。这个经历若按我后来大学学习的播音主持艺术专业里的行话，是不是可以算是集采编播写于一身了？或者按大众传媒的说法，几近成为个人电台、自媒体了？不过有一些问题，在我心中已经困惑多年了，为什么我念五年级之后，再也没有听见校园雏鹰广播响起？为什么四年级的最后一个学期，会只剩我一个人在那个小屋里忙碌？是校方早就打算取缔这个广播，不忍心告诉热情洋溢的我，还是这块业务后继无人？真的，我30岁了，还时不时会想这个小学三四年级遗留在心中的问题。现在回看，我从小学开始，貌似就干着付出与收入十分不对等的事情，并且觉得快乐，这算不算是傻乎乎的一种？

　　通过校园广播，我的名字被其他一些老师所知道。有一个老师在周末开办了小记者兴趣班，我顺利报班，并且一直努力，最后成为一名市级晚报的小记者。当时兴趣班的老师所传授的新闻采访知识，曾让我不止一次在后来大学所修的新闻采访课上发愣，可是我又不能对大学教授提出质疑：这些知识貌似我小学就学了，难道我大学交这么多学费，就只能听到这个层次的知识？再聊回小学，真的太喜欢参加社会活动及文娱活动了，最好是啥课也别上，天天排演节目，唱唱跳跳，各种比赛。终于，父母发出了禁令，不允许我参加表演，不可以去合唱团，认为这会耽误学习。他们希望我参加奥数，练习书法，继续保持写作。和现在很多父母送孩子去学这学那使孩子很痛苦不一样，我们家情况是反的，我喜欢去学这学那，但父母不让，他们要求我专注课堂上的主课学习。和其他父母努力满足孩子的需求不同，我的需求，需要我自己努力去达到父母提出的要求才能得以兑现，我和父母之间是相对平等的交换。这个微妙的关系，有点像现在公司合同中的甲方乙方，但我是一挑二，父母绝对是站一条线的，因为我犯错时，母亲是这样对我父亲喊的："摁住她，今天一定要好好教训！"扮演白脸的父亲，就当没听见。可见，我从小就生活在不顺心的历练中，和父母斗智斗勇，我能说这是成就我未来"智勇双全"的原因吗？

后来，我母亲开始经商做建材生意，我帮她看过一次店铺。在那次帮忙看店铺的过程中，我将一根一米不到的钢材以1.5元的价格卖给了一个顾客，然后又拿着这1.5元去小卖部买了一个冰淇淋。1.5元的定价是怎么来的？老实讲，我并不知道一根一米不到的钢材需要多少钱，我只知道小卖部里我爱吃的那款冰淇淋是1.5元一个。所以，当那个顾客走进我母亲的店铺时，对我而言，就是一个冰淇淋走进来了。那根钢材的价格是绝对不低于1.5元的。这是我接触生意的初体验，十一二岁吧。这份体验，直接影响到我的金钱观。

什么是金钱？金钱是怎么来的？追溯到钱的历史源头，最早的钱，是因为物物交换不方便而衍发出来的。比如，老赵家有米，老钱家有肉，老孙家有果子，老李家有布匹，老赵想要一点老钱家的肉过年，老钱家里不缺米但缺点老李家的布匹做衣裳，老孙家的果子有盈余不知道该如何处理，老李家的布匹不知如何去换隔壁村的牛羊。于是这一整片区域的人就开会讨论，准备商议出一个能提高交易效率的便利方案，最后决定所有人都认同一件事物的价值，并以这件事物作为交易的媒介，进行交易，比如，贝壳。出这方案的人，就做这发行并管理贝壳的事儿。老孙家的果子不是多了吗？来，需要果子的人，用手里的贝壳换果子，老孙你就存好贝壳去换你需要的。大家都以贝壳为媒介，进而实现高效的物质交易。这才是金钱的本质啊！它是一种媒介，是一种工具！

金钱发展至今，几千年了，从贝壳开始，到金银、纸币，钱币的演变历史悠久，太多人已经忘记它的本质而利欲熏心了，这是很可悲的事情。拜金主义，以钱为信仰，换句话说，就是你在拜一个工具、一个媒介，这幅景象不搞笑吗？工具、媒介是为人所用，为人服务、提供便利的，而不是人去替工具、媒介卖命。这里的主动、被动关系如今混乱得很。如果还不够直观，那我再打个比方，男女双方谈恋爱，需要互相联系，倾诉思念，交换思想，在这个过程中，总是男生倾慕女神，女生仰慕男神这样的吧，总不会是男女双方互相膜拜沟通媒介——手机吧？！丢了手机失魂落魄，是因为联系不到自己心中挂念的人了，不应该是因为手机本身吧？当然，鉴于眼下中国经济的飞速发展及对手机功能的过度依赖，还真不好说。因为现在在中国，手机本身就是支付媒介。手机虽不等同于金钱，但手机连接着各大银行，使手机具有了等同于金钱的功能。而金钱，已经发展成了手机 APP 里的一串数字。这让人丢了手机比丢了亲人还难过。我不知道这会是中国社会发展道路上的一个阶段，还是一条有去无返之路，但我们现在还来得及静下心来仔细思考一下，为什么外国人依旧用现金或者信用卡？他们是真的落后吗？比如美国，以美国领先于世界水平的计算机技术，会做不到用手机"滴滴滴滴"到处支付吗？苹果手机可是诞生在这片土地上的。为什么他们依旧用现金或者信用卡？为什么他们选择保留传统的支付方式？我们到底是领先了，还是跑偏了？

身边有个姑娘，家境非常优渥，父亲为她买了巨额保险，未来定期会有钱入账。这所有的操作，都在一部手机上实现，所以这个姑娘真的是视手机为生命啊。可是你如果不发挥钱的作用，钱真的就只是数字而已，摸不着，看不见。数字再长又有什么用呢？可能我数学不好，所以每次数钱都要个十百千掰手指数，傻乎乎的程度连我自己都受不了；最烦三位一个逗号的国际计数，看那样的数字串儿能让我瞬间从知性变成逗比。可能真的是我想象力有限，记得我 2018 年初次创业时，跟好朋友聊，说我很担心，担心将来万一不小心钱赚多了，该怎么办？那压力得多大啊？我十分认真严肃地说着这话，结果我好朋友差点跟我绝交，我都不知道为什么。

金钱，作为媒介，它不是最重要的，看穿它的本质，关注到在媒介两端的东西，才是重要的。我可以没有钱买一件衣裳，但我不能没有买一件衣裳的能力，多数人还是有手有脚的，具备劳动能力，完全可以通过付出劳动来得到这件衣裳。所以，人本身才是核心，人的劳动能力才是重中之重。如果先有鸡还是先有蛋的问题还扯不清楚，那么这先有人还是先有金钱的问题，答案就显而易见了。人类社会，抹去金钱这个概念，是完全不影响生存的。金钱作为一种交易媒介，只是让人类社会的物质交换及更为多样的发展变得高效便利而已。可是人类社会如今为了金钱而爆发各种危及人类信仰和安全的问题，是不是有点匪夷所思？

侃完金钱观，再次回到我的故事。该到五六年级了，我跳进了尖子班。那时班级里一共也就 20 来个学生，选班委就变得很有意思，总共就没多少人，几乎人人都有职务。我，是班级的纪律委员。这个职务是班主任钦点的，我真的没有去竞争。我不知道他是看中了我长得一脸正气呢，还是觉得我不怕得罪人。所以，我从一个"搞技术做业务"的，转型成了一名掌管纪律的人，负责班级同学的迟到早退、上课讲话、作业情况。然后，全班同学都觉得我很凶。现在回忆起来，真的是很有趣，不知那些少年时的同伴，现在可都好。

如同一句老话"三岁定终生"讲的一样，我感觉自己的小学六年奠定了往后整个人生学习、工作、生活的模式和基调。回忆当年，无论是在家和父母的关系，还是在学校和同学、老师的关系，以及自己负责的一些事情，其实已经具备了一个生活、学习工作的模式雏形。在往后的阶段中，不同的就是生活、学习、工作的占比不同。比如，从初中开始至高中这六年，学习的比重在不断增大，周末也开始学习；生活的比重在逐渐减小，外出游玩、社团活动的次数减少；工作的比重也是减小，因为意识到中高考的重要性，不再担当一些班级职务，父母也不需要你做家务、做帮手，同时，还配合并提供最好的学习条件。进入大学后，生活、学习、工作的比重开始因人而异地发生变化，根据个人情况、以时间占比为依据，我应该是属于学习第一，生活第二，工作第三。但是到了大学，这三者已经开始没有那么明显的界限了。比如，我喜欢在图书馆的咖啡吧喝着咖啡看书，感觉很愉快。那这算是生活呢，还是学习呢？再比如，我做一些兼职，趁蹭一些感兴趣的专业的课程时，向身边的同学们发放一些传单，以赚取一点生活费，那我这行为算是学习呢，还是工作呢？所以，对我而言，从大学开始，生活、学习、工作的边界就已经开始变得很模糊了。到我念研究生时，在传媒大学这种思想相对开放的学校，在北京这样的超级城市，每天一睁眼，看见什么，做什么，出门遛个弯，都成了学习。去北京电视台实习也是学习，去咖啡店打工依旧是学习。学习本身是学习，工作也是学习，甚至连生活似乎都需要学习。所以，在读研期间，我彻底迷茫过，一切事物，在我眼里，边界都是很模糊的。各种思想理论充斥在眼前，认知每天都在被刷新，脑袋如同糨糊，梳理不出个所以然，自尊心处在飘零状态。也就是在这巨大的压力下，似乎洞见了一个真理：无论如何要活着，先活着，其他再说。想通这点后，似乎又从杂乱中找到了一些方向。在这个阶段，我终于开始有意识地将一直在我心里排第一的学习，换成了工作，而生活始终在最后。

　　那些羡慕我不用工作的人呐，其实我也羡慕你们。比如，你们朝九晚五，做五休二，上班时间是上班，休息时间是休息，生活节奏规律，让你们健康有序；羡慕你们，因为我做不到这样朝九晚五地工作。如果我喜欢，我就会上成朝九晚十；如果我不喜欢，就可能上成朝十晚四。我羡慕你们上有领导指挥，下有同事帮助，很稳定。而我内心只喜欢做自己喜欢的事情，所以，我选择自己做自己的主，自己给自己打工。感激朋友们的羡慕，我也一样羡慕你们，其实我们都只是在摸索最适合自己的方式。当然，我在这里要尤其感谢我的父母，对于我做的任何决定，他们都给予最大的宽容、支持和理解。我也希望自己有朝一日，能回报父母。眼下，我只想努力做到，每一天都活得精彩，顺遂心意，不辜负这自由洒脱的每一秒。

堕落的电视节目

在美国，有一个叫 Bravo 的电视频道，隶属于 NBC 环球，播出着一档匪夷所思的电视真人秀节目《比弗利娇妻》（*The Real Housewives of Beverly Hills*）。这档节目在美国本土的支持率高达 82%。我也不知道这个数据是通过什么样的途径统计出来的，姑且理解为每 100 个人中，有 82 人喜欢这个节目吧。这是个挺 high 的数字了。这档节目我连续看了两天，不得不说，看电视打发时间，吐槽一些细节是常有，但看电视看到我想当一个愤青还是第一回。

这是一档什么样的节目呢？美国的加利福尼亚州是一个世界闻名的旅游胜地，阳光沙滩，美女豪车，这里还有遍地开花的好莱坞明星、贵族名媛、政客商贾。加州全境大大小小 58个县，星星点点几十个城市，其中，总人口数只有三万多的比弗利山（Beverly Hills），是洛杉矶县里最富有的地方，居住着各界名流、电影明星，市区里的罗迪欧大道（Rodeo Drive）是世界上奢侈品商店密度最高的购物街之一。比弗利的房价是全美最昂贵的，最便宜的房子也要 220 万美元（约合人民币1500 万元）。富豪们的房子更是动辄 1000 万美元以上，即便是 2 亿美元的豪宅，也是眼睛不眨一下地拿下。那这帮有钱人到底是谁？他们为何有这么多的财富？他们都怎么生活？众多的吃瓜群众表示非常好奇。为了解开这个谜团，美国的电视台便策划制作了这档真人秀节目，深入了解窥探富豪们的日常生活是如何铺张奢靡、挥金如土的。参与这档节目录制的清一色都是身价不菲的娇娇贵妇，她们中有银行家的妻子、富 N 代继承人、房地产商的妻子、嫁给富商的女演员、世界级超级名模，还有在伦敦、洛杉矶等地开了几十家餐馆和酒吧的女企业家等。

本以为看这样一档电视真人秀节目，可以看到各行各业的超级精英们如何成功、如何生活、如何关爱社会等，同时，还以为自己可以通过看这个电视节目提升品位，结果，我只能表示自己真的太天真了，还不如回家看看《葫芦娃》。七个女主令人丧三观到什么程度呢？列举一二：七主妇很少有提及她们的创业经历、价值观、生活观之类的故事和理念，她们每天都在向观众展示自己极尽奢靡的日常生活，高兴了去地中海坐游轮度假晒个太阳，每集都是买、买、买各种奢侈品，买到手抽筋提不动，或者晃荡在各种社交活动上，又或者在红毯上三五成群攀比华服昂贵、钻石巨大、首饰新奇。更甚的就是日常姐妹聚会，我从我的豪宅精心打扮，坐着加长豪车去你家做客，看个电视，吃个蛋糕，一身行头花费百万。品位全靠 logo 堆砌，满屏幕的香奈儿、爱马仕。太重了，节目制作用笔真的太重了，表示分分钟审美疲劳啊。

外在如此，那灵魂呢？七主妇们都聊些什么呢？用"聊"字描述我觉得都抬举这七个女主了，听觉而言，回荡在我耳畔的，只有那给声音打马赛克的"哔哔"声，为何？因为"出口成脏"。七主妇们天天在屏幕上开撕、互骂，还互殴。干架的理由是谁谁谁请吃饭，没有通知谁谁谁这等鸡毛蒜皮的事情。文明一点的干架就是抢一个限量包、限量钻，泼一杯红酒，争几件衣服，赤裸裸地攀比。野蛮一点的干架就是甩耳光，抓头发，互相看不顺眼，往死里作。为了赢得一个排场，吩咐自己的买手，不论多少钱，要造一个最惊艳最昂贵的配件来。

我的脑子空白片刻，这档电视真人秀节目到底想表达什么？我穷极了自己的思考角度，也无法理解这档节目的存在意义。真的静静思考了很久，这个节目，想表现的，唯一不会错的答案，就是她们有经济实力。剩下的，其实电视台也好，观众也好，都是她们用来满足自我存在感的吧。当然，这前前后后，还有一条庞大的经济链。我们看她们蠢像，不还被她们赚了关注度？我转换了电视频道，再也不想看这个节目，不知道她们是否知道，整个洛杉矶县有超过48000名乞丐，比弗利山庄的总人口数都没他们多。最富和最穷的人生活在一个地区，是不是很讽刺？自始至终，都没有听闻过这七主妇参加拍卖活动，如果今生有幸，能见一见这个节目的策划制作方，我会建议，策划一场艺术品拍卖吧，一定要单件艺术品都以亿美元为起拍价，让她们争去吧。

联想到国内也是真人秀、偶像剧遍地开花，看一下这个电视剧及综艺节目单:《只为遇见你》《青春斗》《我的奇妙男友》《如果可以这样爱》《奈何 boss 要娶我》《滴！男友卡》《千金归来》《流星花园》《她很漂亮》《可惜不是你》《恋恋不忘》《游泳先生》《妻子的浪漫旅行》《女儿们的恋爱》《我家那闺女》《我家那小子》《快乐大本营》《天天向上》……嗯，都是湖南卫视的。为什么我看 Bravo 的《比弗利娇妻》会联想到湖南卫视的节目呢?

我对湖南卫视是有感情的，因为一个老牌节目《快乐大本营》和两部电视剧《还珠格格》《情深深雨蒙蒙》。琼瑶的电视剧是很莺莺燕燕、娇娇怯怯、百转千回、跌宕起伏的，让观众看得神魂颠倒、朝思暮想、喜怒无常。人物感情丰富、婉转，充满张力；故事有趣、新鲜、生动，使其经受住了时间的洗礼，成了经典。再看现在的一部一部电视剧，差不多的鲜肉，差不多的靓妹，都叫人快成脸盲了。故事，就是……难以名状的故事。曾经好玩有趣的《快乐大本营》现在也成了各类电视剧、明星刷卡、站台、打广告的地方。我算是反应很慢的人了，还怀着矫情的情怀偶尔会看湖南卫视，但现在看个电视，都开始要用"坚持"这个词语了。我想，我也快和电视说再见了。

灵魂的依赖

又是一个平静安宁的纽约早晨，窗外光线柔和。我躺在床上看着天花板清醒了一会儿，决定不赖床，纽约遍地的图书馆，似乎都在喊我的名字。起床，洗漱，给自己准备早餐。拿起咖啡罐，发现已经见底了，于是又开了新的一罐，突然意识到自己喝咖啡似乎有点凶：大罐的纯黑咖啡，瓶子贴的标签上写着50杯量，而我到纽约才刚刚30天，这意味着我每天都至少喝了一杯半。过量摄入咖啡因，对身体并不好，开第二罐的时候，我决定用小一点的勺子取咖啡粉。

关于戒咖啡的事情，家里人已经提醒过我很多很多回了，但是我做不到。父亲自己连烟都戒不掉，怎好意思叫我戒咖啡呢？于是母亲发火了。父亲抽烟自有一套歪理，他最常用的两个例子就是一些长寿老人也是老烟枪，不打紧不打紧，另外就是非典时期，上千人被感染，引起社会恐慌，全球有近千人感染病毒丧生，唯独没有吸烟者，所以没有戒掉的必要。再者，一个男人在外，人情往来，社交礼貌，烟是他们老男人的语言。总之，"吸烟有益"的理论一套一套，把人唬得一愣一愣的。

我在纽约的这段日子，家里老两口似乎又为吸烟的事情杠上了。母亲大半夜发了一通吸烟有害身体健康的文章，然后在群里大声呼吁，要求父亲戒烟，需要我的支持。这么多年了，能戒早戒了，戒不掉，光吆喝怕是没有用。于是我接话："能过就过吧，不能过就赶出去。"反正一把老骨头了，还能翻出什么花儿来。一听我要把父亲赶出去，母亲瞬间倒戈了："怎么跟大人说话的呢，那可是你父亲！"真有意思了，明明母亲自己发文，说父亲抽烟不光有害自己的身体健康，还危害家人的身体健康，不仅让她闻着二手烟味心烦气躁，还提高了全家患癌风险。要么得罪父亲，要么得罪母亲，让我怎么选，可不就是你俩分开过最治标治本嘛。像我这种单身汉，还要看你们两口子在那儿为了戒不戒烟这么点事情撒狗粮吗？真是只能拆一对是一对。

　　吸烟有害身体健康，这是连烟壳上都写着的，所以，有的时候，的的确确是想不通那些吸烟的人到底在想什么。是不相信这句警告，一定要亲身验证一下吗？另外，中国的烟草体系也着实叫人迷惑。据维基百科"国家烟草专卖局"词条显示：1981年，国务院决定实行烟草专营，成立中国烟草总公司作为负责机构。1983年9月，国务院发布《烟草专卖条例》，正式确立了国家烟草专卖制度。1984年1月，国家烟草专卖局成立，与中国烟草总公司实行一个机构、两块牌子，属轻工业部管理。1993年，国家烟草专卖局划归国家经贸委管理。2003年起国家烟草专卖局改由国家发改委管理。2008年3月15日，国家烟草专卖局改由工业和信息化部管理。2010年，中国烟草总公司实现净利润人民币1177亿元，平均每天净赚人民币3.2亿元，赚钱能力超过中国银行。2012年，中国烟草总公司实现利润总额2437.6亿元，实现净利润1786.9亿元，分别增长15.0%和14.5%。2013年，中国烟草总公司实现利润总额 2749.2 亿元，实现净利润 2019 亿元，上缴国有资本收益 295.68 亿元，上缴专项税后利润 400 亿元，合计约占中央国有资本经营收入的 47.7%；全年上缴财政总额 8161.22 亿元，同比增长 13.9%。2014 年，烟草行业工商税利达到 10517.6 亿元，同比增加 957.7 亿元，增长 10.02%；全年上缴财政总额 9110.3 亿元，同比增加 949.1 亿元，增长 11.63%。2018 年，中国烟草总公司实现工商税利总额 11556 亿元，同比增长 3.69%；上缴国家财政总额 10000.8 亿元，同比增长 3.37%；实现工业增加值 7877 亿元，同比增长 4.88%。

数字罗列到此为止，简直叹为观止。和国外很多烟草公司私营不同，中国的烟草是国营的，国家烟草的财政情况可不能简单等同于一个私营企业里那点财务问题，它的数额之巨大，意味着它在国家财政数额上的占比很大。国家财政影响着整个国家的方方面面、角角落落。换个角度和立场，全国占比最大的普通工薪阶层中，不吸烟的人说不定还要叩首感谢吸烟的人，因为吸烟的人是真正的无私大爱，燃烧自己，照亮别人。再换个角度，吸烟的人这辈子也工作，甚至比不吸烟的人工作还勤快，毕竟他们需要为那一缕青烟买单。然而，科学研究表明，吸烟的危害通常要在 60 至 70 岁以后显现，这意味着那批辛苦工作、认真交税、忠心专一的烟民，在还没领到养老金、享受社会众多福利之前，便可能早早撒手人寰，为还健康活着的人减少竞争，降低压力，省出资源，腾出空间。这么一想，我深刻感到，每一包卖出去的香烟外包装上，一定要大大地、醒目地写上"全国人民感恩您的牺牲"，代替那句"吸烟有害身体健康"。

不知道父母看了我的这番言论后心里会作何感想，父亲有没有可能突然转性不吸烟了？如果他能突然就把烟戒了，那我保证一定分分钟就把咖啡给戒了。烟草中含有尼古丁（又称烟碱），这是一种具有神经毒性的生物碱，可以刺激人神经兴奋，长期使用耐受量会增加，同时也产生依赖性。烟草是导致许多心、肝、肺疾病和许多癌症的危险因子。众多可预防措施中，远离烟草排第一位。咖啡就完全不一样了，咖啡是人类社会流行范围最广的饮料之一，咖啡豆作为全球最重要的经济作物，其世界贸易额仅次于石油。另外，用水煮咖啡作为饮料起源于11世纪，发展至今，不仅有着悠久的历史、文化，而且对大部分人而言，有益身体健康。

突然感觉有些委屈，自己多次被要求戒咖啡。戒咖啡和戒烟这两件事常常被放到一起谈论，其实毫无可比性。抽烟是板上钉钉的作死，喝咖啡却不见得有害处，咿……我可能也是年纪大了，经常忘记一些常识，差点被绕晕。不过，戒咖啡和戒烟倒是有一个共同的好处，即能省下一大笔日常开销。如果我和我父亲都戒瘾成功，那省下的开销家里就统一改喝茶吧，不知道我母亲是否会同意，说不定她又会提议每天只喝白开水。白开水没滋没味，然后我和父亲又重新陷入了各自依赖的泥淖。嘿，你看，生活就是这般圈圈绕绕，线团似的。

死亡的启示

　　周末，父亲发来微信，关怀了几句："在纽约玩得开心吗？有没有什么新鲜事呀？有没有去公园走走啊？"这对话要是让不熟悉的人看到，一定分不出辈分。是啊，我这都 30 了，一把年纪了，没事周末得出去逛逛公园，晒晒太阳，活动活动筋骨，伸展伸展腰背了是吧。也不知道父亲是故意的，还是无意的，还是这父女之间真没什么话讲了，和他聊完，我感觉自己已经年过古稀。

　　但我还真是喜欢逛公园的，尤其春天的公园，万物复苏，郁郁葱葱，花花草草都在使劲儿地摇啊、跳啊、唱啊，都恨不得你赶紧跑过去来几张自拍。纽约的中央公园更是绿草红花，林幽鸟鸣，山俏水绕，来来往往，人种复杂，风情别样，就连那宠物狗，也是一只赛过一只地洋气和欢脱。我喜欢在这偌大的公园里漫无目的地游荡，走累了，找一条长凳坐下，感受头顶的云飘过，影随行。天很蓝，树很绿，草很茂，花很艳，细听风过，风声里夹杂着远处人群的欢笑。坐久了，连眼皮也倦怠了，我很自然地闭起双眼，放松地倚靠在长凳上。没了视觉，听觉和嗅觉似乎变得更加敏锐。我能听见鸟儿在树枝起飞时的

中央公园

振翅，听见路过人们说着不同口音的英语，听见风不断地来回环绕摩擦树林、花草和大地。我可能是睡着了，偶尔竟还感觉到花花草草在喊我。空气里有种说不出的味道，是外国人的体味，还是某种花草的气味？抑或是混杂的香水味？说不清，道不明，我想，这或许就是纽约的味道吧。

　　渐渐进入冥想状态，感觉自己在飘，不知怎的，画面切换，瞬间移到了美国最西边的加州很有名的曼哈顿海滩。清晨6点30分，这里的公路车道和跑道上，便已经有人在晨练。笔直且平坦的6公里车道、跑道洋溢着一种颇具生命力的气场。车道、跑道直接连着宽阔的沙滩，零星有几个白人在打沙滩排球。再放眼望去，就是神秘的大海了。和以往看日出的海滨不同，西海岸只能看日落，所以，早晨的大海不是想象中的那种蔚蓝搭配着蓝天白云，而是非常深沉的蓝黑色，视觉上给人感觉海平面要高于地平面，有一种要扑面而来的错觉，很是压抑。越往远处望，越是天海连接，越是深邃，越是叫人心房颤抖。太神秘了，看不透，难捉摸，很想努力看穿，又有些担心害怕。也许这就是西边海岸深邃的魅力。我缓缓在塑胶跑道上跑过，看见一个面色漆黑的阿姨在跑道边石凳上发呆，她的视线落在远处海面上。我慢跑到跑道尽头，折回，跑过同一个位置时，那个阿姨依旧纹丝不动地坐在石凳上发呆。她的脸色真的很差很差。我的直觉反应：她是不是生病了？我故意跑到她跟前，用英语跟她问早安，告诉她自己是外国来的游客，还夸她很美，能否拍张照片留念。她笑了，虽然有些尴尬，但还是点了点头，冲着我的手机镜头微笑了一下。我郑重地向她道谢，继续往回酒店的方向跑。她的脸色确实很差，我仔细看了照片。

记得我念大学时，苹果手机开始流行，我的室友是忠实的果粉，她是从苹果 3 代开始追乔布斯的。苹果 4 代发布的时候，室友很激动，一遍一遍在电脑前看着乔布斯的新品发布演讲。正看着，她突然惊叫：乔布斯的脸色好差，印堂发黑，整个脸瘦得呀，就一张脸皮包着头骨，他是不是癌症复发了？室友直言不讳地惊呼着。坐在旁边的我实在是无言以对，小心脏在嗓子眼噎着，有一种五味杂陈在心口难开。之后不到半年，乔布斯去世了，全世界果粉哀痛。在那本该哀痛的日子里，我反倒感觉还过得去，心里默默感谢我的室友，毕竟，她早半年就给我打了一剂预防针，让我对可能到来的未来有了一定程度的免疫。也就是从那时候起，我深刻记住了一点，脸色发黑，是极为不好的征兆。但愿老天保佑那位在海边发呆的女人。

我想谈谈死亡，这个中国人极为避讳的话题。我大概是从 13 岁开始思考死亡这件事的，因为很偶然的原因。13 岁，我念小学六年级，上课因为思考人生总是有些出神，偶尔还犯困。当时的班主任董老师打电话给我母亲，建议我母亲带我去医院检查一下身体，总觉得我身体不太好，犯困是出于病理原因。于是我母亲如接到圣旨一般，立马带我去医院检查身体。说来检查结果也真是巧了，尿检项目出现一个加号，把我母亲给吓得愁容满面。我自己是毫无感觉，觉得吃点药就行了，可是我母亲相当不放心，到处寻医问诊，东打听西打听，感觉为了我的身体能专门成立一个医疗小组一样。那段时间，不是生病不生病的问题，是我得掐着专家名医的时间被拽着到处跑医院，一遍一遍做着重复的检查，身心疲累啊。本来尿检只有一个加号，药吃多了，升级到两个加号，阳性还加强了。这下更加不得了了，母亲也不知听了哪个不负责任的医生的话，决定西医、中医一起来，最后真是病急乱投医，甚至把我推手术台上去了。因为班主任董老师的一个提醒，我有将近三年时间，都在与医院、医生、药物打交道。而我母亲，不辞辛劳地全身心以我的健康为事业。

真的只有天知道我经历了什么。先是一日三餐吃西药，然后是一日三餐吃西药加上上午和下午两顿中药，再加上虫草、灵芝、人参各种补药。最后，还要按时按点去医院打针。吃药也就算了，这药再难吃，我闭闭眼，深呼吸，忍一忍也就吞下去了；可这打针，我是真心怕啊，看到那个护士在用针筒吸药水，再把针头端到面前排出针管里的空气，那针尖，我看着就心脏发颤啊。护士每次都说轻轻一下就好了，骗鬼呢，明明三天都好不了，我回学校上课都坐不了凳子，得站着。至今都记得那针叫作长效青霉素，我连着打了半年，谁能猜到我臀部和内心的阴影面积有多大？为了中药的药效好，母亲每天都按时按点亲自熬药，然后装在保温杯里让我带着，并再三嘱咐我，都是心血熬的，都是补药，为了身体健康，再难喝，都不能倒了，一定要按时喝药。为了不辜负这份心血，我很努力也很认真地坚持喝中药近两年，喝到我感觉自己每个细胞都散发着中药味。寻常人，感冒发烧很正常，我感冒发烧，所有人就很紧张，总觉得会加重我原本的病情，而且，我一感冒发烧，扁桃体就发炎，于是，家人商议，决定对我进行扁桃腺摘除手术。且不论其他，单单就这扁桃腺摘除手术，真的是一个很小很小的手术，是在私人医院和小诊所都能做的手术。因为在我动手术的同时，正好我有一个同学也因为常常感冒发烧扁桃腺肿大而进行了摘除手术。她就是在小医院做的，效果很好。我就不一样了，我做个扁桃腺摘除手术，那感觉、那排场、那气势，就跟要做开颅手术一样。手术前几天，早早订好了住院床位，并打上了吊瓶。手术前一天各种检查、禁例，父母还要签字画押，手术前无菌服换上，跟着护士七拐八绕进手术室。手术室里，六七个人，全部只露着双眼，无影灯下，何止是瘆人，简直就是恐怖！接着就是各种监控生命体征的仪器上身，吓得我心跳都到了190，稍再紧张一点，感觉心脏就会停止跳动了。如果说，之前的吃药熬过了，打针熬过了，种种疲于奔命的就医熬过了，那这一次在手术台做扁桃腺摘除手术，让我彻底想放弃了。我开始质疑自己这样活着是否有意义。

这种小手术，根本没有成功失败一说，只有开始结束一说。我知道，父母是因为太疼爱我，哪怕最小的手术，都动用了最好的医疗条件，可是他们不知道，那里面真的太吓人了。那次手术后，因为短期内不能发声，我静静躺在床上想了很多。如果我一直有检查指标上上下下怎么办？如果我一辈子就这样怎么办？背一辈子的药罐子吗？那我还活个什么劲儿呢？我所有的课外活动都被母亲要求不能参加，包括课间操和体育课。全部同学去操场蹦蹦跳跳的时候，我顶多下楼晒晒太阳。班干部等职务也让给了同桌。母亲希望我认真听课，然后抓紧完成作业便休息养生。每天放学铃一响，就将我接回家。饮食上，太咸不能吃，辛辣不能吃，刺激性食物不能吃，这不能吃，那不能吃，规矩和忌口非常多。在那所谓的花季雨季，我在听话养身体和豁出去之间做选择。

我很冷静地一遍一遍思考着生和死。我觉得每天带着药罐上学很没有尊严；我觉得我不能和其他同学一样很没有尊严；我觉得我对医生的话言听计从，说脱衣服检查就脱衣服检查很没有尊严；我觉得我面对针头吓得瑟瑟发抖很没有尊严。为什么遭遇这一切的偏偏是我？假如，我不吃药，不打针，不看医生，不忌口，肆无忌惮地玩，我只能活一天，我愿意吗？我当时的答案是：我愿意。哪怕明天就是生命尽头，我今天也要像个正常人一样活。这是一种决心，向死而生的决心。命运的压力逼得我不得不直面生死。当我下定决心后，内心开始渐渐生长出一股力量。我躺在病床上，用意念一遍又一遍对自己说：伤口切面快快愈合，嗓子不疼了，我要吃冰激凌，整桶的那种。

那次手术出院后，当我再次回到校园，我便立马去操场走了两圈，感觉非常棒！于是，我开始瞒着母亲，参加早操，参加体育课。体育课，我格外小心地控制着运动量，又尽量让自己在能力范围内多运动。没有人知道我内心和别人不一样的那份快乐。再后来，我以节省母亲精力为理由，要求买一辆自行车，自己上学、放学。央求再三后，母亲答应了。于是，我又多了一个运动的机会，多了一个和同学一起上学、放学的机会。最后，我走了比较冒险的一步，既然认真吃医生开的药，检查依旧呈阳性，那么就说明药无效。既然无效，就不吃了。于是，母亲每天辛苦熬好，给我装保温杯带去学校的药，我基本不喝，后来都干脆换成水了。我也尽量不去关注自己身体的事情，装作不知道，顺其自然，没事就多花点时间看看班级里的帅哥。

说来也是奇怪，我的身体渐渐强壮了，检查结果指标持续稳定。到了初中升高中体育中考时，30分的体育分，我轻轻松松拿了29分。那时的我，绝对想不到今天的我，还能没事去跑个马拉松，骑个公路车。

碰到很多以前的同学，见面第一句就是，上学那会儿见你啊，整天捧着药罐，真是想不到，真是想不到，这可是连操场都不去的人；还有人说，当然，这话是男生说了，小时候那么娇气的人，这也不能干，那也不能干，体育课也不能上，太阳也不能晒，皮肤白得和白切鸡一样，现在这么能干；还有我自己妹妹说的，说她好羡慕我呀，小时候成天捧着个药罐，林妹妹一样，好公主啊，然后她也回家一定要她妈妈给她煎药带学校去。哎，真是听得我汗颜，要知道，我那会儿真以为自己命不久矣，非常认真、严肃且压力山大地在和病魔做斗争，以为自己见不到明天的太阳了。话又说回来，人都开始好奇了，我小时候到底怎么身体不好了，折腾了那么些年？当时医院确诊的是：肾炎。其临床表现为尿液里含有超出指标个数的蛋白质，民间俗称"富贵病"。得了这病就只能跟千金小姐似的养着、供着，啥重活、累活儿一丁点儿都不能碰。鉴于我是在生长发育期得病，现在想来，可能不是病了，就是青春期长身体缺乏大量营养，缺睡眠休息，缺运动锻炼吧。谁知道呢，病得很突然，好得也挺奇怪。但不管怎么样，经历过这么一遭，见识过医院里这么多门门道道，手术台上也"有幸"躺了躺，对生命和活着的感知，还是和其他人很不一样。

我不曾研究过有多少人是惧怕死亡的，至少对我而言，活着的每一天都是赚到了的心态，要好好珍惜，努力做自己，做自己喜欢的自己。从生到死，向死而生，用心活着，真诚活着！不要去想前世，不要担心来生，没有人去了天堂后回来诉说天堂的美好，也没有人下了地狱后回来诉说地狱的可怕，清醒活在当下。努力珍惜身边看得见的、摸得着的一切人、事、物，哪怕此时眼前就一碗白米饭，也认真地细细咀嚼和品尝。若失去是必然，珍惜就是唯一无悔的方式。

圈子那点事

　　要聊"圈子"这个词语，总不免会让人觉得很社会化，甚至会略微让人反感。不过，话要讲清楚，"圈子"这个词语，原本是中性的，是名词，之所以彰显出一些异样的色彩，其实是由大众的认知赋予的。与其避而不谈，倒不如干脆摊开来，趣话一番。

　　这么社会性的话题，怎么趣话呢？想来想去，也只有从小学这么单纯又可爱的地方聊起。小学，谁说不是一片江湖？刚上小学那会儿，整个人都是蒙的，父亲送我到学校，陪我吃完早饭之后，便把我留在教室离开。我睁着双眼打量着教室里的一切，那时候很奇怪，明明刚刚开学，明明大家都是新生，为什么会有那么多小朋友，一堆一堆在那里玩耍，他们都是认识的吗？为什么我一个同学都不认识？我就这样满脑子问号地看着教室里吵吵嚷嚷的同学，不接近任何人，也不和任何人说话。当时不知道"孤单""孤独"这种高级的词语，只是觉得自己一个人有点怕，但我是上过幼儿园的人，虽然现在班级里的人数，可能比我念过的幼儿园整个园子的人都多，可又想起父母教的在学校里要勇敢，所以，我就这样一个人待着、看着，克服着内心的恐惧，一连好多天，都是如此。
看吧，那么多同学扎堆在那儿玩的圈子，没有一个是属于我的。
我上小学的时候是 1997 年，那会儿男孩子之间流行的玩具是
奥特曼、葫芦娃、黑猫警长的卡片，还有玻璃弹珠，女孩子
之间就是跳皮筋。每当下课铃一响，或者放学铃一响，教室
里的一群同学便争先恐后地冲到走廊、楼梯、操场，抢占地盘，
摆开阵势玩耍。我见过很多同学，为了抢占教学楼楼道里一
块玩耍的地方而打起架来。那一圈玩卡片的，一堆玩弹珠的，
一排跳皮筋的，试问，还有什么能比这更加形象地诠释"圈
子"这个词语的含义的？我曾经有一次，在操场捡到一颗玻
璃弹珠，很开心，收进了口袋。等到了体育课自由活动的时间，
我带着那颗玻璃弹珠，去弹珠圈凑热闹。我趴在泥地上，望
着全神贯注在打弹珠的同学，问他："我也有一颗弹珠，我能
一起玩吗？"现在，我只记得那是一个很胖的男同学，已经想
不起他的名字了，他那满脸肥肉的脸转向我，对我说："才一
颗啊，不跟你玩。"我看看其他同学，他们也只是看看我，并
不说话。"噢，那好吧。"我从地上爬起来，拍了拍身上的土，
把手里的弹珠丢给了还趴在地上的胖子，说："送你了，我不
要了。"我回教室继续翻我的书。现在想来，细细分析，原来
自己小学一年级就已经体味过圈子的固化和排外了。虽然有
很多事情，发生时是在无意识状态，但是，那种不舒服的感
觉会一直烙印在身上和心里，让你对相同的、类似的事情，
抱有警惕和提防，至少，也会放聪明点儿了。后来，我还有
几次想去和同学一起玩弹珠的念头，但是一来我没有一大罐
弹珠，二来我发觉趴在地上玩弹珠会弄脏衣服，也就作罢了。

　　这就是圈子，结构最为简单的圈子，很实在很直观。对应
到不同的领域，我想，可能只是玩的东西不一样，每个圈子的

游戏规则不一样，或大或小，或复杂或简单，或开放或封闭，比如，娱乐圈、学术圈、商圈等。

如果说我小学一年级因为想进入圈子碰壁了，心里留下了不舒服的感觉，那之后小学三年级发生的事情，就堪称愉悦了。三年级上学期第一次大考，也就是期中考试，我不小心考了全班第二名。这下不得了了，一下子很多人注意到我，各科老师、班主任、身边同学，包括我的父母。因为这次考试，父母生平第一次奖励我钱，而且奖励给我的钱没有任何使用约束，可以随便花，我可以买任何我喜欢的、想要的。因为这次考试，我身边的同学朋友多了，都是班级里平时学习成绩稳定、较好的，各种活动积极参与，换言之，活跃度高，且都是些在班级里担任班委的人；因为这次考试，各科老师给予我的关注和重视，让我后来学习成绩也稳定保持。除此之外，越来越多融入同学之中的机会向我涌来，这个比赛去试试，那个活动去参加一下。印象中，我这辈子都没有当过班长这个职务，因为我从来都没有去竞争过这个职务，但我似乎比班长还忙，经常是班主任一喊，或者校园广播一呼，就带着一个小本子去开会。我不是班长，却跟其他班所有班长坐在一起，听会议，进行记录，上传下达。身边所有的一切，皆因这次期中考试成绩的第二名发生着变化，那会儿悟出一个道理：实力的提升，是可以改变圈子的。老实讲，我一直到初中的时候，还有回味这一阶段的愉悦感。毋庸置疑，这就是成绩上升所带来的美好感觉，也就是所谓的优越感吧。或许我会遭人嘲笑，小学这点屁大的成绩，居然就能骄傲自满成这样，骄兵必败，你未来可怎么办哪？未来怎么办，我活到30岁了也不是很清楚，但是这30年走过来，回头望望，觉得也还凑合。而小学那次考试成绩全班第二名的经历，不断回味，使我不断汲取正面的力量，它一直让我牢记，实力两个字的意义。

工作后，对所谓圈子的感觉更加明显。基层工作者做实事，高层做决策和决定，中层的职责一言难尽，但肯定包括两件事，即开会和上传下达。那你以为高层一定比基层或者中层有优越感吗？因人而异吧，即使在一定程度上有优越感，但这种优越感也是不长久的。举个抽象的例子，差不多一起开始的一个工作组，几轮工作或者几个项目后，综合能力表现开始出现差异，那个表现突出、受领导喜爱和重用的员工被提拔。于是，他就从一个扁平的圈子里，通过升职这件事，阶级晋升，进入到了一个更高的圈子。职权的扩大、薪资福利的提升、人脉资源的变化、下级的服从等，会带给人很大的优越感，但是不要忘记了，不论圈子多么高级，他还是会面临同样的压力和问题，甚至有可能是更大的压力和问题。职位晋升可能意味着更为凶险的竞争，也可能意味着更为顺畅的合作。但不论是竞争还是合作，肯定都会比最初埋头做事的圈子复杂些许。

圈子，这个词宽泛地涵盖了大部分人的位置和去向，通过这种思考方式，大致也可以从其现在的位置，洞见其未来。有些人，是喜欢一个保守的未来的，一切按部就班，稳中求进；有些人，是接受不了未来一成不变的，觉得这样的人生毫无意义；还有一些人，是迷糊的，随波逐流的，得过且过的。本以为，人就是如此，不过这些年，碰上了一些有趣的人，他们的理想是跳出圈子，彻底跳出三界外，让灵魂自由舞蹈。细细想来，那不就是出世了吗，如同道士、僧侣，还有那些"家"字辈的人，比如，画家、音乐家、作家、科学家等。那拨人，有着和常人不一样的思想和眼光，因而，其看似和寻常人在一个世界，其实不然。

我常去位于纽约第五大道的纽约公共图书馆翻书，有时看书累了，我便盯着那一群在屏幕前敲字的人发呆。这里不同于大学里的图书馆，以备考查资料、写论文的学生居多，这里一排一排坐着的，基本就是活跃于当下书圈的作家。本来，纽约公共图书馆就已经因为其建筑的年代感、书籍散发的古典感，充满着庄重的气场，再加之无数作家整齐精神的坐姿，清一色的苹果电脑，此起彼伏、一浪接一浪的键盘敲击声，给人一种视觉冲击，着实叫人振奋。这里没有人交头接耳，也没有人窃窃私语，每一个人都眼神如炬地盯着屏幕，手指优雅地飞舞，文字，就是他们跟这个世界沟通的方式。在普通人认为安静的瞬间，他们已经通过敲字，道尽了千言万语。作家是一个群体，很难用圈子来定义他们。他们彼此之间很少有真正的思想交流，每个人都自成一个世界。"家"字辈的人，都用自己的作品说话，有些艺术家，其本身就已经活成作品。

来自电影的刻骨铭心

　　我是双子座的人，双子座的人怕重复，怕一成不变，喜欢新鲜事物，好奇心强。这几点，我都有点，但是，越怕重复，越是感觉自己在重复，越是喜欢新鲜事物，越觉得没有什么新鲜事物，即便我觉得自己已经要折腾出地球。

　　想想读书那些年，从小学到研究生，最大的不同是每个阶段的学校不一样，其次是身边的同学、老师不一样。其他的，都差不多。熟悉，会让一切都渐渐地变得平淡，年龄越大，能刺激到神经的东西越少，再加之一天到晚天马行空的思想，所以我没有那么爱笑。都说爱笑的女生运气好，也不知道是真的还是假的。笑是随性而起的行为，我装不来。如果我会因为此而运气差，那就差吧，所谓好和差，本就是个心态，一念之间而已。因为越来越找不到新鲜事物，所以无奈，人开始变得越来越怀旧，怀旧到一部电影能隔一段时间就看一看、瞧一瞧，直到看了不下 30 遍，而且每隔一段时间看同一部电影，都会隐约觉得上一次看的时候，有些细节没看懂，这一次，好像又看出些什么。思来想去，决定将自己喜欢的这点小情小调，梳理分享一下。

最先想分享的就是能看 30 遍的泰国电影《初恋那件小事》，男主角马里奥的颜值很吸引眼球是不是？这个故事是真实的，影片开头，男主人公带的小孩子，就是真实生活中的两个主人公在一起以后生下的孩子。电影里，男女主人公错开了 9 年才重聚；真实生活中，他们错开了 17 年。若电影还不够真实，真实故事还有待考证，那我在这里再穿插一个明星的故事——莫文蔚的爱情。莫文蔚 17 岁的时候，在意大利留学，遇见她的真命天子。与所有的初恋一样，他们谈文学，谈音乐，谈理想，经历了从热恋到定情，再到热情退去，相处一段时间后发生矛盾，最后年轻的心开始浮躁,宣告因性格不合分手。两个人，一个从小女孩逐渐成长为华语流行天后，成为都市女性代表；另一个有了家室，过着简单的普通人生活。但命运神奇，多年后，他们再次相遇，相遇时莫文蔚单身，而他已经离婚了。于是，兜兜转转走到一起的两个人，在 2011 年宣布结婚了。他们这段缘分,错开了整整 27 年。怎么样，这么一对比，电影《初恋那件小事》简直是大众真实版。喜欢这部电影，还有一个很大的缘由是其彰显的人性和情谊，干净、单纯。于我而言，这是一剂净化灵魂的良药。感情，多么难言的话题，也全无对错可言，可古往今来，所有恩恩怨怨，皆因情而起，不光爱情，还有友情，还有亲情，还有种种情谊。疲累之余，让心灵躲进这部电影里，真的是很不错的选择。很多时候，每当和母亲吵架拌嘴了，我都会看这部电影，不断寻找力量，不断反省自己，不断去感悟女主角在片尾说的那句台词："了解爱的积极意义。"因爱真的太容易生恨了，要一直保持正念，让思绪去往积极的方向是需要定力的。总之，这部片子中的女主角真的很厉害，从一个丑小鸭，成长为在泰国和纽约都很有名的时装设计师，如此坚毅而努力，不就是为了圆心中那一个梦想吗？我偶尔傻乎乎地畅想，自己是不是应该恋上一颗遥远的星星，永远得不到，永远不满足，一路督促自己成长；抑或是汲取一颗星星的力量，爱我所爱。

　　如果说《初恋那件小事》太过于青葱岁月，莫文蔚的故事也只是极少数个案，与普通人的世界相去甚远，那还有一部，算是大龄版《初恋那件小事》，这部影片叫《爱你，罗茜》。这部影片也很真实，真实在什么地方呢？成年人那点守护尊严的细节。记得我刚刚开始跑马拉松的时候，进入一个跑马群。这个群里来了一个刚刚留学回来的姑娘，很是洋气，大家都很喜欢她，其中不乏很多帅气的男士，向其发出爱慕的信号。她也知道谁喜欢她，心里跟明镜儿似的不说，还到处炫耀。日子久了就出问题了，男孩追求未果，又觉得自己成了她炫耀的资本，很不甘心，立马调转枪头，追求了另一个女孩子。一段时间后，这两人顺利在一起了。这下轮到那个洋气女孩不甘心了，于是也另外寻觅一个帅男生，一起跑步，一起出镜晒幸福。就这样，这一男一女，各自拉着另一张王牌，互相比幸福，比魅力，较着劲，这劲儿起码较了近一年。我有的时候是想不通这一点的，总觉得为感情较劲这事，正常的剧情应该是两个男的追一个女的，或者两个男的攀比，或者两个女的攀比，怎么会一男一女在那里攀比？如果一男一女之间有点什么，不就吵吵闹闹在一起了吗？为什么会互相攀比起来呢？这就跟电影《爱你，罗茜》里的男女主人公很像。自尊不容挑战，面子大过幸福，不幸福可以装作幸福，但自尊心或者说面子碎了，就什么都没有了。于是这电影里的两个人也是一而再、再而三地错过，兜兜转转花了小半辈子才明白过来，在一起比什么都重要。

　　我在杭州独自住一套房子，隔壁住着的邻居是一家重组家庭。两家由于共用一个露台，再加之墙体隔音没有那么到位，他们家若声音大点，我家都能听见。我时常在客厅听见隔壁吵架，有的时候，他们真的吵得凶了，我就关小电视或者音乐的声音，静静听着，想着万一有个什么事情，我就从露台过他家去劝个和。作为一个旁听者，坦白讲，有的时候，真的会为他们的争吵而笑出声来，其实都是很在意对方的，这架吵得都像说情话，何况他们都是重组家庭了，都是受过伤、很懂珍惜的人，吵来吵去，无非就是面子过不去，下不来台了，而且通常都是女主人歇斯底里，男主人一头雾水最后哄不好又烦躁，忍不住发了火。

我不喜欢吵架这种事。怒气之下，人没了理性，怒气过后是要后悔的，后悔、懊恼是很内耗的事情。如果可以，我愿意安静地捧着一本书到地老天荒。喜欢的人，就好好说喜欢，虽然认真表达会显得有些傻气，但好过互相伤害和错过。珍惜不就是如此吗？认真一些，宁愿被笑话，也别留遗憾，人生是自己的，无怨无悔于过去，才能安然欣喜于未来。去看看《爱你，罗茜》吧，珍惜说出口了，也要做到呢。

剩下两部看了又看的电影，是有关两个音乐天才的故事，一部是《莫扎特传》，另一部是《八月迷情》。这两部片子都是获得过奥斯卡奖项的作品。但我之所以看这两部影片和奥斯卡并无任何关系。《八月迷情》这部电影是在大二时一堂英语赏析课上看了一部分，之后一直萦绕心中，于是找了个时间充足的夜晚，将全片看完。《莫扎特传》是在研一时一堂朗诵课上，授课老师王老师提及的，当时并不是介绍电影，而是讲授如何在朗诵过程中调动情绪。之后王老师介绍窍门，让学生多感受音乐，转而提到了他很喜欢莫扎特，因为莫扎特的音乐很纯粹，毫无功利性，贝多芬都比不上，并推荐学生有空可以看看《莫扎特传》。其实王老师就是随口一提，但不知怎么的，"纯粹""毫无功利性""莫扎特"这几个词，就是很深很深地印在我心里。我拿笔在记事本上写下：回寝室看《莫扎特传》。至今都记得，上王老师的课是在晚上，下课后回到寝室，开电脑搜影片，看完那部电影，已经临近凌晨1点，然后我带着电影里残余的那股窒息感，爬上床睡觉。

《莫扎特传》看起来是很累心的，他背着神童的称号，一出场便艺惊四座，惹得众人艳羡嫉妒。而他如孩子般的天真，以及对音乐的执着，使他完全忽略了周遭的人情世故，处处遭人加害。他用灵魂熬出的曲谱，要么无人能懂，要么被居心叵测的人否定。他完全生错了时代。他的曲谱，一个世纪后，才被人惊为天作、旷世之作、神来之笔。如同老师讲的，莫扎特的人、心、音乐作品，确实都是毫无功利性的，是纯粹的、透明的、天使一般的。这部影片是从一个极为嫉妒莫扎特才华的人萨列里的忏悔开始的。萨列里就是因为太了解莫扎特，所以步步为营，设计害死了他。这部影片，从最初的基调明亮欢快，到后来的阴暗颓废，皆呈现了莫扎特一路不得志的心情。电影里有几个彰显莫扎特天赋的细节，闭目，就能浮现在我的眼前。他随手而来的钢琴和声和变奏；他弹琴时欢呼雀跃的一群狗，现在都说音乐跨国界，无须语言就能懂，莫扎特的音乐在当时都跨物种被理解了；他在桌球台上，用滚动桌球划节拍，谱曲如写日记般流畅。其过人之处，可见一斑。那天才为什么会死？因为单纯哪。他的旷世之作得不到肯定，被阴险毒辣之人定义为不好的作品。除了心灵一次一次遭受打击之外，还有入不敷出的生活压力接踵而来，最后恶魔上门，要求莫扎特写安魂曲，而莫扎特就是死于创作这首曲子的劳累。在整部电影里，其实，莫扎特的死最具有思考价值，他为什么会死？我也是想了很久很久。

　　回忆我考研时，目标定的是中国传媒大学，保研名额也已经放弃，工作压根儿没想过，我只想去中国传媒大学，从高三开始就想去中国传媒大学。然而我没有任何关系，既不认识传媒大学的任何老师，也不认识传媒大学的任何同学，更没有任何渠道咨询考试相关情况。后来想想算了，我没有的，别人也不一定有，无论前方有多少困难，我首先一定要给自己一次机会。靠天靠地，最终还是靠自己，这考场肯定得自己去不是？于是，我买齐了所有考纲提到的书，任何师哥师姐提到的有用的书，总之，二话不说就买。然后关起门来，拉上窗帘，干了一件最硬核的事情，背诵所有的教材。现在回想，当时真的很大胆，因为这就是一个疯狂的行为。三个月，就三个月，头顶头发白了一大片。用我母亲的话讲，她当时看见考完试回家的我，眼泪都快出来了，整个人读书都读得脱了相，完全没有人样。不敢自比莫扎特，但是我能想象，在一定时间内完成一部作品，需要远胜于背诵的脑力，创造性思维很费脑力，要求又是在葬礼上使用的安魂曲，以莫扎特的天赋，灵魂不去一趟地狱，不死一次，其作品怎能呈现完美？所以，他在创作前就说了，为了这首安魂曲，他可能会死。结果他真的死了，因为为了作品，他体验了死亡，而且没有再回来。最能说明莫扎特毫无功利性的莫过于他的死亡了，试问：古往今来，能有几位艺术家甘为作品付出生命的？分享了《莫扎特传》的同时，也顺带推荐去听一下他的音乐吧，感受一下这个纯粹生命留下的用音乐描述的世间人情冷暖，他真的很懂人心。

　　相比《莫扎特传》，《八月迷情》里描述的音乐天才，在人物塑造上，要明亮太多了。主角奥古斯特，有着天生的绝对音高辨识能力，因而，所有声音都能在他的世界里幻化成音乐，而他只是用音符记录了下来。于他而言，音乐是语言，是媒介，是他用来找寻父母的方式。奥古斯特的父母都是音乐家，所以他天生拥有艺术细胞。与父母失散，音乐成了他们三个唯一的共性，他们各自借助音乐通向最高领域，在顶点相逢。这其实也不玄乎，志同道合的人最终都会走到一起，何况他们还有血脉相连。喜欢《八月迷情》很简单，这部电影很唯美，里面的音乐非常好听，小主角抑郁的眼神很是深邃。都聊到《八月迷情》了，不妨再推荐一部印度电影《神秘巨星》。这部影片讲述了一个歌唱小天才通过唱歌这件事改变女性地位、改变家庭、改变命运，一路追到梦想尽头的故事。剧中由阿米尔·汗饰演的音乐人，有一句话让人印象很深："不用担心那些有天赋的人，他们迟早会像水中的泡泡一般，上升浮现出来。"

再分享一部有关画家的电影《至爱梵高·星空之谜》。又是一个为了艺术癫狂的人，怎能不敬？这部电影，背后耗费的心血极大，我喜欢这部电影，和很多人一样是出于对梵高及其作品的喜爱。也不知出于什么动力，我曾经连续13个小时不眠不休，按年份整理了梵高的所有作品，并将其一一过目记忆之后，打包存在了电脑里。没有什么目的，就是这样做了，仅此而已。或许未来哪天，会像乔布斯说的那样，所学皆是珍珠，总有一条绳出现，将其串联成项链。但即便永远没有那条绳出现也没有关系，因为看画的过程，我很乐在其中。对于梵高画中漩涡状的落笔方式，我时常感同身受。比如，此时此刻的我从昨天的傍晚码字到今晨的早餐时间，已经感知不到我的双腿、我的身体，唯有眩晕的头脑、冰凉的双手，以及眼前扭曲成一团的文字。可惜，我不懂作画的技巧，否则，我定将我眼前这漩涡状的文档用画作呈现出来，拿去纽约大都会博物馆和梵高画里的漩涡对比一下。梵高是疯了，我是累了。但我希望我也能疯了。我记得读研时，英语老师说，曾经的北京广播学院，不少学生奇装异服，颇有思想，作品惊艳，而今校园里大家都品牌加身，审美大众，作为一个艺术院校，有个性的学生少了，其实真不是个好现象。我对此观点，表示赞同。

最后分享一部非常荒诞的电影——《蠢蛋进化论》。我貌似对于"天才""蠢蛋"之类的字眼儿特别敏感，因为灵长类生物的智力到底有没有极限，是我很关心的问题。这部电影非常有意思，开篇 10 分钟，便直指当下社会人口质量问题，也就是在对比城市精英和农村夫妇关于生孩子的问题。精英们考虑很多，农村夫妇都出于动物本能完成，然而智商太高的人都像太多的物种一样灭绝了，智商一般的普通人基数逐渐庞大。所以，就抛出一个很哲学又很有趣的问题：聪明是好事吗？愚蠢是坏事吗？我以为，平衡真的蛮重要的。电影的前 10 分钟是横向的对比，男女主人公进入睡眠仓是转折，而后，所有的时间都在进行纵向的对比。与大多数穿越剧（未来是先进的、科幻的、高级的）不同，这部电影设计的未来是堕落的、迂腐的、愚蠢的、不堪的，500 年前的古人是聪明的、智慧的。这个真的很别出心裁，很讽刺，很批判，很戏剧性。相比未来是美好的剧情而言，观众的内心对于此剧的接受可能会更低，但人类正在变得堕落难道不是事实吗？虽然大部分的古装穿越剧都在千篇一律表现当今的人要比古人聪明，未来的人要比现在厉害。

在这部电影中，未来堕落而愚蠢的人，只对两样东西感兴趣：金钱和女人。想想还真是简单、粗暴、直接。由于这部电影的荒诞和无厘头，要看进去其实不容易，我也无数次想换台，可总有一种魔力促使我多看几分钟，这是一股什么魔力呢？思前想后，我以为就是一种代入感和好奇心了。假设，是我自己此时被封在了时光胶囊里，去往了 500 年后的未来，我会是一个天才还是蠢蛋？电影实在太荒诞，看见那些傻子迟钝犯蠢的样子，都隐隐担心自己看完电影会不会智力受损。

可是当蠢蛋放对了位置，似乎又是一个了不得的天才。于是，便促使人急切地思考：天才和蠢蛋的区别是什么？天才和蠢蛋的区别重要吗？……貌似，最后，还得看是放在什么位置上，有没有放在合适的位置上。

我，今年 30 岁了，我有没有在合适的位置上，我还很模糊。如同爱看电影、爱看电视，我在生活中，也做惯了看客，看别人的生活，听别人的故事，看那形形色色的人群，以及差不多却又不一样的生命，我都忘记了也不确定自己是否也是这芸芸众生的一员。我总觉得，这一秒是幻影，下一秒也是幻影。既然是幻影，就别太较真，等心静了，思绪清了，写篇观后感，这似乎便是对生命的一种参与了。

结 尾

　　至此,收笔,却未收起思绪。在电影《了不起的盖茨比》里,埋了这个故事的缘起,作者弗·司各特·菲茨杰拉德对他生活的纽约感觉恶心,对他全部的所见感到厌恶至极,所以他在心理医生面前诉说。他的心理医生告诉他:写下来,把一切都写下来。于是,盖茨比的故事被记录了,作者也在这个过程中被救赎了。我有仿效此举的嫌疑,却无渴望被拯救的心,因为生和死在我的世界里是一样的。进可生,退可死,生和死,不叫事儿。总听别人说,人这一辈子,除了生和死,没有什么是大事。但我在纽约流浪的日子里,深刻感到生和死都不叫事儿,只有活着才是件事儿。缘何如此? 很简单的理儿,生不由我,父母生我,还能跟我事先商量不成? 死亦不由我,虽有自戕这条路,奈何我没这个胆儿。所以,生死皆不由我,它就不能算是个事儿。唯一能叫作事的,只有"活"。芸芸众生都在忙着活,所以,活着才是件事儿,得办。生与死,其他人和老天爷会替你办,完全不用操心。

　　原以为将生死置之度外以后,便会成为一个英雄,但后来发现,英不英雄是其次,倒是在思考之后观见了一个更大的世界，那是一个更为明亮和清晰的世界。曾以为每个人看见的月亮是同一个月亮，现在想想倒也不一定了。心境不同，看到的世界便不同。

坐下写结尾的此刻，我已经离开了纽约，但这座城又在我心里鲜活了一把。城市的区域、街道的布局、食物的多样、思想的多元，林林总总，开始和我的灵魂发生融合，影响着我的生活起居、饮食习惯、思考方式、待人接物等方方面面。旅居，似乎有着一种类似给人换血、换思维、换性格的超级法力。但30岁的我，定力而言，尚可，换与不换，是种选择。受益良多的，是对待身边的人、事、物的方式和方法，可能会比以往多更多角度，这便是最大的收获所在了。

人之思绪，是散乱的、缥缈的，徜徉在那相熟的每一丝气息里、每一件物件上、每一处美景中。只要还活着一日，思绪便在延展，绵延无绝。这是上天的一种恩赐，无须抗拒，满怀感恩地接受即可。胡思乱想终有时，此时不梦待何时？

最后，在此对所有帮助和支持我的朋友，美国的 Viola 和陈钧，闺蜜群里给予我无限能量的闺蜜们，尤其是一路走来，对我无限包容、理解和支持的父母，深深地说一声：谢谢你们，我爱你们！

梦岚

2019 年 6 月 17 日于浙江杭州

图书在版编目（CIP）数据

写在人生30岁 / 戴梦岚著. — 北京 : 台海出版社，
2020.6

ISBN 978-7-5168-2595-2

Ⅰ．①写… Ⅱ．①戴… Ⅲ．①随笔－作品集－中国－
当代 Ⅳ．①I267.1

中国版本图书馆 CIP 数据核字 (2020) 第 076839 号

写在人生30岁

著　者：戴梦岚

出版 人：蔡　旭　　　　　　　封面设计：凤凰树文化
责任编辑：王　萍

出版发行：台海出版社
地　　址：北京市东城区景山东街20号　邮政编码：100009
电　　话：010-64041652（发行、邮购）
传　　真：010-84045799（总编室）
网　　址：www.taimeng.org.cn/thcbs/default.htm
E - mail：thcbs@126.com

经　　销：全国各地新华书店
印　　刷：河北盛世彩捷印刷有限公司
本书如有破损、缺页、装订错误，请与本社联系调换

开　　本：880毫米×1230毫米　　1/32
字　　数：122千字　　　　　　　印　张：5.25
版　　次：2020年8月第1版　　　印　次：2020年8月第1次印刷
书　　号：ISBN 978-7-5168-2595-2

定　　价：38.00元